小西久二郎歌集

SUNAGOYA SHOBO

現代短歌文庫

砂子屋書房

『湖《うみ》に墓標を』（全篇）

解説

小西久二郎歌集

『湖《うみ》に墓標を』（全篇）

昭和五十九年

葉　水

来年も生きて花木を見むとするわれは夕べに葉水そそぎつ

減反のためにやむなく刈る青田すでに穂孕みの季に入りたるを

青田刈るわれの仕草を父祖見れば目の色変へて何と言はれむ

青刈りの稲穂手にとり稔るなく断たるるものの哀しみを知れ

長らくを畑にゆかねば久に来ても罰あたらぬと妻の吾《あ》に言ふ

コシヒカリ色づく頃か脱穀の日をあれこれと妻なやめるも

秋ふかむ湖心に向きて突き出でし魞によりくる魚のあるべし

魞の竹黙して立てり縞照りにそのひと処照らされにつつ

開発に水位のふかくさがるてふこの魞の陸《くが》となる日近きか

渚辺に立てば透きたる水底にすがた見えねど光る魚あり

魚釣りに来たりし沼の田となるを知らぬ若きが農機動かす

白鷺

同じ名の毎月ならぶ雑誌見て文学は何と問ひつめる夜半

たはやすく歌を作れと人らには言ひきて悩むこの短詩型に

縁談のすすまぬ宵は娘も妻もわれも無言で夕餉食みをり

娘の婚期すぎむとするに苛立ちて夜更けぼそぼそ妻と話すも

背信の多き世なると鴨近く往き来す鴨のうごき見てゐる

雪おこす風かも硝子戸打つ音のそれぞれ違ふを夜半醒めて聞く

人の死を今日も聞きたり誰も彼も死ぬと知りつつ雪の日淋し

ほそぼそと流るる河原の水に立つ白鷺一羽蕭然として

投網を打ちに来し川の改修にブルドーザーのうごく雪なか

新年の挨拶をなす身のめぐり目出度きものの何ひとつなし

冬　野

西の湖の葭刈る記事に忘れゐし葭の仕事の継がるるを知る

荒神の山ふところに抱かるる墓あり祖らのもたれ合ふさま

朝明けの湖辺の裸木は梢にも雪つけ風なき
刻を明るし

見下ろせば冬野は村を囲みをり家ごとに違
ふ暮らしのあるを

母居りし部屋のしづけき中庭の八つ手雪消《ゆきげ》
にいよよつやめく

垂直にふる春の雪芽吹きたるしだれ柳をい
たはりて降れ

冬の間を軒に入れたる盆栽にしめり打たす
とまた庭に出す

自らの顔の見えねば歯を抜きし妻を見るた
び年寄ると思ふ

海　棠

二箇月もおくれて始まる追ひさでに稚鮎の
育ち独り気にする

春となる湖上を去らず鴨たちのあそびてゐ
るも支へのひとつ

また冬に来よと鴨らにつぶやきて血圧たか
き身をふり返る

庭におく二十余鉢の石楠花にひと鉢ごとの
思ひ出ありき

苗代のビニールたたきて伸びわるき苗の育
ちを妻と確かむ

ストレスのわれにはなきと割りきりて夕べ
花ちる庭に立ちをり

この年も若葉の季を世にありて人恋ふるき
みが歌を想ふも

魚にして魚食ふ故に疎まるるブラックバス
の眼意外にやさし

海棠の花咲きにけり庭に来てなんの花かと
妻の吾《あ》に聞く

補植する妻に照る陽の終日をのどかにあれ
と職場に願ふ

鮠《はや》たちの動きを見つめ惚け惚けと昼の休み
を今日も過ごせり

皐月

働きてただ働きて老いに入る妻をあはれむ夜更けの床に

魞いくつさびれしままに若きらの華やぐ夏のまた湖に来ぬ

たくましき稲の分蘖見てをりぬ子を二人しかわれらなさざり

花つきの悪しき皐月よ忙しくて去年世話せざる因果かこれは

田に生ふるコナギオモダカ父母と共に田草を取りし日遠き

草刈りに来たりて土手に憩ひつつ柳の花の散るを見てをり

鉢植のむくげの花の一つ咲く門辺につかれ忘るる夕べ

雲のなき青天に花をかかげたる百日紅をこの夏も見る

大豆

条例も会議も所詮気やすめにすぎぬと湖辺に風うけて立つ
（湖沼会議）

照りつづき枯れゆかむとする里芋に妻の水やる頼むごとくに

妻刈りて持ち帰りたる胡麻の葉を納屋にて取れり幾年ぶりか

胡麻の葉を父母らと取りし日ははるか同じ納屋にて今妻と取る

コンバインの切り落としたる稲の穂を拾ひつくせず諦めて立つ

刈りあとの落穂拾ひし日の遠く壮年の父のいさぎよき顔

稲藁をすべて切りゆくコンバイン家に藁灰のなきはさびしも

休耕の田面の草に埋もれて大豆色づく葉を落としつつ

豆扱きて莚に妻の干す見れば豆たたきゐし母の浮かび来

塩分のあるを知りつつ稍皮のかたき秋茄子の漬物を食む

わがめぐり煙草やめゆく幾たりか煙の行方しばし見てをり

輪廻

すがたなき鳥の声する河はらに輪廻転生を思ふひととき

河はらの涸れ水染むる夕あかね遠き祖らの生をうつせり

伊吹嶺に雪の来たれり父母のなき旧家に妻と黙然とゐる

歳末に逝きたる母の一周忌むかふる妻の日々気忙しき

一周忌むかふる妻の忙しさはおほかた献立と引物ならむ

求め来し諸子酢漬けにせむとして母在りし日の如く妻焼く

異動にて人慌しき歳末を五十路のわれにかかる声なし

遂にして窓際族になりしかと半ばうべなひ半ばさびしむ

人の世の常とあきらめみぞれ降る道去ぬ暗きライト頼りに

日陰へとうつるわが身の胸内を告ぐるなければ野にひとり言

されどわれ雪道行かむといつもより半時間早く家を出でゆく

諸　子

店先に売らるる諸子の澄みし眸とわれの眼が会ふ雪の町にて

畑の雪除きて妻のとりきたるみぶ菜の株よりみどりしたたる

雪をおく野に藁塚の見えざればむら雀らはいかに暮らさむ

雪焼けに手足をはらす人なきに妻のなやめるこの冬もまた

雪被り山茶花咲けりかかる季に咲かねばならぬ花のくれなゐ

赤　潮

雪多き冬のせゐかも鮨にせむニゴロ鮒の少なきを聞く

カナダモの切れ目に泳ぐ鮠《はや》よ汝《な》の終の姿を見かけしはなし

へら鮒の釣りにゆけねば寺に会ふ友の話を聞きて足らへり

きらきらと珠《たま》光らせる湖にすら白と蒼との断層のあり

灯の下にくろ光りする妻の手よ稲の補植はもう終へたるか

排水に育たむあはれまだあをき小鮒の溯《のぼ》るさまを見てゐき

この春は諸子一匹釣らずして過ごせり夏には鰣《はす》など獲らな

父逝きていくさの話聞くことのなし夕食も
黙しがちなり

魚たちの言ひ分今日は聞かむとし夕凪ぐ湖
に耳かたむくる

落日に湖面も鳰もあかあかと染まれりされ
ど帰らざるもの

赤潮の湖の痛みを知りながら責め負ふ誰も
なくて雨季くる

合　歓

幼き日見しはバナナのたたき売り今はたこ
焼たひ焼いか焼
（水無月祭三首）

見世物の小屋を長らく見かけねば蛇娘らは
いかに暮らさむ

荒神の宵宮祭にわが来たり子供らの金魚掬
ふを見てをり

湖北路の湖辺に咲ける合歓の花道急《せ》く人に
やさしくあれよ

波の音聞くや湖辺の合歓の花その花見ればおもふ師の歌

ま昼間のしづけさに咲くこの花を髪に飾らむ少女のなきや

魚屋に旬はづれの鰣《はす》の塩焼きが売られをりその哀れなる顔

丑の日に次々売られゆく鰻これみな人の口に入らむか

盆踊りの囃子きこゆる夜の更けを病む三日月の西空に見ゆ

忙しきなかを取り来て土用蕗を妻煮てくる匂ひただよふ

日輪はその幅だけの湖の面をもやしてわれの足におよべり

昭和六十年

縁談

畑あるに大根未だとれざれば娘がもとめくる一本二百円を

色づける庭木よ秋にも娘の縁の決まらず妻の日々いらだてる

娘の縁の決まらぬはわれら親の業と夜更けにぼそと妻の言ひたり

夕食後妻のむきたる富有柿を子らは喰はざりわれひとり喰ふ

妻嫁ぎくるとき造りし風呂遂にいためり妻も風呂に似てゐむ

脇机の抽斗に入れし本のなか茂吉と雄郎の歌集もありき

埋めらるる沼の声かも夜半覚めて鯉鮒ワカタの顔をうかぶる

血圧と心臓のこと思ひゐるあかき山茶花の散る庭に来て

正月の三日に見合ひしたる娘の縁談十五日
に早も決まれり

娘の縁の決まりし日より幾許か妻ふけたる
と灯の下に見る

都へと嫁げば見えざるこの冬の湖を娘よよ
く見ておけよ

余呉

深ぶかと雪に埋もるる余呉の里ぽつかり湖
は穴あけてをり

牡丹鍋かこむと来たる十余人民宿までの雪
路あるく

駅前につみあげられし雪掻きてその銀《しろがね》を口
にふふむも

羽衣の伝説のこす衣掛のやなぎの根方にど
つさりと雪

雪をおく田面は見えずそそり立つ万年杭の
沈黙ながし

三とせ前禎子かね子と昼飯を喰ひしレスト
ラン雪に囲まる

味噌だしにて喰らふしし肉昨日まで何処の
山を駈けてゐし猪か

今あげしばかりの鯉の造りにてそのあかき
身の口に甘きも

酒の酔ひ廻れば誰となく立ちてカラオケか
けて唄ふナツメロ

はるばると雪の余呉まで出で来たり飲んで
騒げりそれだけのこと

出稼ぎにゆけざるものの知恵ならむ民宿の
主はみな女なり

雪なかに耐へて春待つ村人の顔にきざまる
る生きの執念

春までを雪に埋もれて明け暮るるされど去
らずに住みつく人ら

同じ近江に住むとは言へど湖東とは人も
生活《くらし》もかく異なるや

無常

村人の愛着ふかき浜松の松喰虫に枯れゆくあはれ

ちりめんの業者らはみな不景気を言ひつつ湖北の春を迎ふる

店先に売られてゐたるぼてじやこの鱗は夕べ乾き初むるも

わが生命明日あることを疑はず小鮎の育ち案じゐる日々

降り続く雨に湖水のマイナスの戻れり稚魚ら岸により来よ

春来れば芽吹く草木よあと幾春この営みを生きてわが見む

雨の日は妻と娘にせがまれて嫁入道具見むと出で来ぬ

野川には早も小魚の溯《のぼ》り来ていよいよ娘の遠く嫁ぐか

休耕の田に育ちたる栗の花今年も咲けり父母おはさねど

新緑の季節となれりこの春も妻と旅することなくすぎぬ

葛の葉のうらを返して吹く風に無常を感ずる歳となりたり

目　高

嫁ぎたる娘の自動車の車庫見ゆそこより娘の出で来る気配す

来年の花芽欲しけれ妻の眼を盗みてさつきの剪定に励む

隣家の老人逝けりその息子さつきの鉢植もらひくれてふ

いく歳か老いが一途に育て来しさつきの幹に針金のあと

溝川の落口に浮く目高らに帰つて来たかとひとりつぶやく

目高浮くその下に小さき魚の見え汚れのややに回復するや

鮎解禁待ちゐし釣師に仕掛けらるる囮の鮎の顔を浮かぶる

雨そそぐ庭にむかひて知らぬ間につぶやきてをり哀浪の反歌

平　鍬

挿木せし紅のあせびの根づきそむやがて花咲く日を疑はず

鮒鯉を獲らずに旬を過ごしたる眼に梅雨あけの日輪まぶし

トラックターと育苗器今年購へり赤字の農を子のやめよてふ

父祖よりの美田一反転作をして果樹を植ゑ大豆つくるも

転作の割当面積気にもせず「しようがないな」と令書受けとる

議員宛に米価値上げのはがき書きしが忘るる頃に据置の返事

麦か大豆作らねば補助金出ぬてふにしぶしぶ手間要《い》る大豆作らむ

念仏奉仕に出でゆく妻に指示されし大豆の土寄せせむと田に来ぬ

土寄せつつ雑草根より起こさむと平鍬ふるふ祖父よりの鍬

野の果てに祖らの日毎に見し湖の白くかすめり比良山のもと

人は生れまた死にゆかむうつし世に湖魚のゆく末思ふはありや

涌井

花終りしさつき植替へしたる夜に今日頼政忌と書物にて知る

青少年育てる会の果てし午後パチンコ店にふらり来たれり

篤農家と呼ばれし人も土竜獲りの名人も逝きあと継ぐあらず

千本杭と言ふ涌井あり水涸れし夏は総出でそを掘りしかな

狐塚はこのあたりかもお旅所の祠の周り草
ふみさがす

大蛇の棲みゐしと聞く来迎橋改修されてそ
の影もなし

妻に言はれいやいや田に来て早稲の穂の固
さ指にて確めてをり

とりきたる無花果妻と食む夕べ平安は長く
つづくことなき

形見

朝ごとに岸辺に立てる白鷺のかかる自在は
人世にありや

秋来れば湖に鯇《はや》釣りたのしみし友亡き湖上
をひと群らの鴨

亡き友の眼鏡形見と持ち帰り使はむとする
に度のやや強き

父逝きて六年を経ぬ納屋隅に父居るごとく
縄の玉あり

石垣の割目にすらも咲く花に日本の秋の色取られゆく

昭和六十一年

大　鋤

さいかちの浜のあたりの湖の面に神無月朔日はや鴨来たる

十日あまり早く来たりて鴨よ汝はわが秋冬を慰めくるる

坂田野に住む友人が持ち山に出でしと松茸二本くれたり

仏花の松取らむ来たる蒲生野の岡は松茸ゆゑみな止め山か

里芋のずいきの味噌和へ食む妻はこれおいしとわれにすすむる

文化祭の行事に村は華やげり食品の七割入と知らず

菓子よりもはるかに旨き柿の実を子供ら食はず鳥に食はるる

父祖が田を掘り来し大鋤あか錆びてこの身に汗を流せよといふ

蝦《えび》とりのたつべプラスチック製となり水揚げ減るを聞く淋しさよ

湖北路は早も雪吊りはじまりてしぐれのなかに松吊るさるる

寒　鮒

盆栽を軒に入れよと妻に言ひ雪道六里北へ出でゆく

沖見えず横にふる雪脚あかきゆりかもめは
浜に休みてゐたり

雪ふれば忽ちあがる湖魚の値よされど魦《いさざ》を
もとめて帰る

いさざ豆妻炊きにけり魦よりこれがうまい
と豆選りて食ふ

屋根に散りしよのみの落葉とらむとし糸瓜
の一つ転がるに会ふ

本諸子手に入り難く代りにとスゴモロコ焼
く酢漬けにせむと

潮風にさらされてゐし赤かぶら甘みのおく
に湖の香のする

京に住む弟来たりて寒鮒の煮付け一匹骨ま
で喰らへり

枯　葦

悠々と波にのりゐる鴨の群れされど鴨にも
悩みあらむか

鴫たちに追はれし鳰か朝明けの芹川にゐるをちらと見て過ぐ

雪のこる湖辺につけし足跡の消ゆるはいつぞわれの生命も

手に掬ふ冷たき水に育ちゐる氷魚のうごきまならうらにおく

竹生島あたりの淵に魚たちの頭《づ》をよせ合ひて春待つらむか

年ごとに改修されゆく河岸の減りし葦群らに雪一尺余

なよなよと風になびける枯葦はすでに新芽の鋭きを見す

さくさくと雪を踏み来て葦群らを前に思ひゐるわが過去、未来

聞こえざる湖の嘆きを聴かむとすわれは悩みのなき顔をして

枯葦を見れば浮かび来父の影むかしここらはよき釣場なり

春近くこの僅かなる葦群らに溯《のぼ》りてつつくへら鮒のあれ

花殻

はだら雪おける田面に群ら鴉いづくより来ていづくにゆかむ

山茶花の咲き終りたるみにくさは言はず花殻とり除きをり

石楠花は莟かかげて春待てりわれに待つもの一つかありや

雪を枝に留めて咲ける臘梅によくぞ咲きしと手を触れにゆく

ガラス戸にうつるわが顔近頃はとみに父にと似て来しならむ

短詩型に大の男が全力をそそぐは馬鹿な事かも知れぬが

夕暮も茂吉もわかるはずなきに知つた顔して話すさびしさ

山茶花散り乙女つばきの咲きさかる庭に輪廻の歌思ふべし

この年の稚鮎のそだちよきと聞くなにかよき事ある年であれ

鴫たちは帰りゆきしか湖の面に悠々とゐるは鳰のひと群れ

夜の川にたも網もち来て掬はむに小魚すいすい逃れてゆくも

寿　命

育苗器に入れたる籾の一せいに白き芽を吹く針のごとき芽

葉ざくらとなりたる幹を見つめをり来年も花生きて見たきと

子持ち鮒獲らへむとして掛けらるるもんどり網に鮒入るべからず

ああ春か藪のけやきも盆栽のけやきもともに葉をひろげたり

父母なくば報恩講にわが参り善人面してとなふる正信偈

見る人もなき庭に咲く花々を朝のひととき見ては出でゆく

カルミヤは白く咲きたりこの年の石楠花これで終りと見てゐぬ

ポリケースに飼ひゐし魚の死せる朝寿命とは言へ胸の痛み来

聞こゆると思はねど息子の婚約を夕べ仏前にて父母に告ぐ

わが生れし頃のものかと夕暮の自由律の歌載る「詩歌」繰る

菖蒲でもあやめでもなきむらさきの花の名妻の忘れしを言ふ

煙草

うちが先いやわしが先死といふは必ずくるさだまつてゐても

子の嫁の決まればその後の暮らしなど淋しい事を妻よ言ふなよ

咲いたかと思ふ翌日散つてゐる泰山木の花見る間なき

朝夕に足腰痛きを言ふ妻に「何を」と言ひつつ年かと思ふ

有線はわれより若き人の死を報じていつもの音楽ながせり

とびのりし禁煙車輛に一時間たばこを吸はず我慢してゐぬ

中学生の頃より吸ひ来しこのたばこ今更やめても長生きできまい

友人の幾たりかすでにたばこ止め寂しき事の増えゆくめぐり

自由

夜の更けに猫の呼ぶ声猫のやうにおれも自由に誰か呼びたい

朝明けの道にころがる猫の骸今日うばはるる生命はいくつ

礼状を書くのはやめた暑い夜はのびのびとした歌でも作らう

やうやくに熟れたる李《すもも》われの居ぬ間に妻とりて誰かにやれる

つづまりは「どうでもよい」と言ひ合ひて
妻と笑へり日に一、二度は

去年の春娘を嫁がせこの秋に子の嫁もらふ
さし引き零だが

もう一人おれが居るのか知らぬ間に高慢な
顔して出しやばりたがる

仏壮の会長する奴居ないかなあ市会議員に
は出たい奴多いに
（仏壮＝仏教壮年会）

大人たちの投げ捨てていつた空罐を子供ら
が出て拾つてゐるぜ

大阪の街汗ふきながら歩いてるおれにはや
つぱり近江が似合ふ

ごみ多く流れる町に「美しい町づくり」の
看板立てられてある

里　芋

河はらのせせらぎにゐるさび鮎のみづから
の生命知れる眼か

明けそむるしづかなる北湖この湖が汚れてゐると言つてくれるな

十月に娘出産するといふおれもいよいよおぢいちやんかよ

里芋に土かけをして汗を拭く転作田の栗の木のかげ

里芋の土かけ終へていこへるにわれに寄りくる蛙三、四、五匹

仲秋の名月といふに月見えぬ今の日本にふさはしからむ

鮒一つ今朝死にてゐぬ分身を亡くしし思ひに流れに葬る

門の辺に音なく柿の葉の落つるこのやうにまた人の死も来む

昭和六十二年

外　孫

「また来たい近江の秋」と呟きし人は来たらず早三歳経つ

転作の豆扱き終へてとびたるを一つ宛拾ふひと摑みなれど

食べるもの誰もをらぬに無花果をとり来て妻の食卓におく

食べのこす息子の焼魚食らひつつ勿体ないとも賤しとも思ふ

眠ることと泣くことのみに明け暮るる孫の世界を覗きてみたし

東京へ孫の帰れば数枚の写真を朝夕妻見てすごす

表情の異なる孫の写真手に妻のもの言ふ生き甲斐なれや

電話にて東京の娘と話しゐる妻のときをり孫の名呼びつつ

船板塀

朝妻の廃港《みなと》にのこる杭先に朝あさならぶゆりかもめらは

湖岸に群れる白鷺ゆりかもめ屈みゐるるときけぢめのつかず

しろじろと朝凪ぐ湖に鳰は鳰鴨は鴨らの群れなしあそぶ

しぐれゐむ長浜あたりにたちし虹の消えたる後も眼裏にあり

湖北路の山の紅葉は過ぎ去るに惜しきと塩津に車を止めぬ

さびれたる魞には何の魚入るや月出峠に立ちて見おろす

陸の孤島と言はれし菅浦四足門の脇に客なき昼のバス着く

ブラックバスのもてる卵の琥珀色されど漁師の末を案ずる

霜枯れの季は鯉鮒にあぶらのり味よきをつね父の言ひしも

むしこ窓べんがら格子北国の旧街道のしづけさをゆく

船板塀いまだに残る北船町ゆきつつ思ふかの日の問屋を

七種粥

語ることなければ黙して七種の揃はぬ粥を妻と食みをり

息子らに七種粥をあたへむと妻持ちゆけど起きてゐぬらし

食物のたがへるわれら息子らと離れて住めり三十米ほどを

すき焼の残りぬくめて妻とわれ食みゐる宵を音ひとつせぬ

夕食後テレビドラマに涙して妻見れば妻の涙してゐず

あか錆びし大鋤さらにあか錆びて父祖と田掘りし五月まぼろし

戸箱にはみのかさ畚竹箕ありかびくさき中
のわが青年史

万両の実をことごとく啄みし鳥のすがたを
見かけしはなし

立枯れの葦のひと群ら湖風の吹けるに思ひ
思ひになびく

十余年湖北に通へば雪道も馴れてチェンは
積めども着けず

朝ごとに処を変へて湖に浮く鴨見ることも
一つの楽しみ

定　年

五月二日わが誕生日定年と人事部長告ぐた
だ事務的に

サラリーマンの誰しも到る定年に自らあは
む五月近づく

定年まであと二箇月か春の雪舞ふなか今朝
も落着かずゆく

東京の外孫に会ふ日を指折りて妻は子供の
如く待ちゐる

娘の出産息子の結婚すぎゆきてうつろなる
胸満たすものなし

雪のなきこの冬なれば狂ひ咲くひと鉢あり
てわれも狂はむ

ホンモロコ人工孵化に成功と聞きたり二年
後を楽しみ待たむ

幾万か放流されたるホンモロコの稚魚よこ
の湖に強く育てよ

壮年の父が投網にて獲りきたるモロコ焼き
ゐし母若かりき

へら鮒をよく釣りに来し沼いくつ埋められ
ていま減反の麦

しろじろと裸木に降りつぐ春の雪わが定年
をあはれむならむ

歎異抄

長らくを地下足袋はかねば納屋隅に埃被り
て吾《あ》を待ちをらむ

七百余年前になりたる歎異抄生きていま聞く人のかなしみ

若きらの顔なきみ堂の老い人に混じりわが聞く歎異抄四章

方形のケースに飼ひゐる小鮒らの口先あはれみな荒れてをり

一合の酒に酔ひてか寝入りたるわれに妻言ふ寝る子育つと

雪の日に読む夕暮の自由律歌集かかる情熱をわれは欲りつつ

小でまりの枝にしろじろとついてゐる貝殻虫よ夢には来るな

灰皿と茶碗片づけ去ぬわれを見てをり職場の女子職員らは

苗代の土を作らなと言ふ妻のあとに従《つ》きゆく長く見ぬ田に

松原を長曽根をまた柳川を湊と知るは次第に減るも

比良の嶺にわづかに白く雪見ゆる湖をへだてて湖西は遠き

蝦夷松

いく度か人を送れど送らるる身となりて知る今日のさみしさ（送別会）

盆栽につながる有志に賜はりし蝦夷松の芽の萌ゆるひと鉢

つぎつぎと咲く石楠花を門におく定年を少し淋しみにつつ

花見にもへら鮒釣りにも行けぬまま若葉すがしき初夏を迎ふる

定年になればゆつくり旅せむと妻に言へるも未だ果たさず

東京の外孫の顔見て房総の海が見たしと妻のもらすも

朝々に飼ひゐる小鮒数匹のうごきをしばし見ては足らへり

ぶらさがり器求めきたりて妻とわれ朝夕互にぶらさがりをり

胡麻

退職金もらひし中より仏壇の洗濯せむを妻と決めるも

祖父祖母の五十回忌は先なれど定年記念に浄むる仏壇

皐月には皐月椿には椿の蓑虫がおのが作りし蓑着けてをり

田植してその後田圃へゆかぬ吾に田水を止めて来よと妻言ふ

麦刈りし後に大豆を蒔かむとす補助金目当ての作付けなれや

わが首をふれば同じく孫もふるおぢいちやんと知る由なきに

妻と二人三日間の旅に出でむとし盆栽の水やり嫁にたのむも

念願の犬吠埼に妻と来て湖と異なる海ながめゐる

（銚子三首）

虚子の句碑ぽつんと一つ岬にあり人間もかく孤独に生きむ

やうやくに願ひかなひて来し銚子の灯台の辺を妻と歩めり

おかげ様で胡麻が沢山穫れました妻のよろこぶ顔久に見る

生籾をそのままカントリーに運び終へ収穫量にふるることなき

豊作と言へるニュースにかかはらず日毎入りくる広告あまた

三つ葉種採りしを妻の蒔きたるがプランター一杯に緑ひろげる

野洲川《やすがは》

薄明に起き出でてゆく愛知川《えちがは》を日野川を越え野洲までの道

はるばると野洲の河原にこの年も来たりて鰣《はす》を獲らむ投網《あみ》うつ

せり鰣のおこす波紋をわれは待つ眼を凝らしつつ岸に屈みて

弧を描き沈みゆく投網に鰣入れば忽ち手元へとびあがりくる

夏の陽は浅瀬に射せり鮴溯る刻かもをちこちに波紋のおこる

意のごとく打つ投網のひろがらねど鮴の入りたる手応へたしか

網袋に生かしおく鮴のときをりに逃れむとしてとびあがる音

ありし日に父が河原に鮴獲りゐしごとく今われ鮴を獲りゐる

河はらの石にて鮴の頭《づ》をたたき鰓より腸《わた》を抜きをりわれは

鮴ずしにせむと背ひらき塩をふる塩の加減に気を遣ひつつ

盆までは鮴溯り来と父言ひしも盆過ぎて尚われの獲りたり

食物の変りゆく世に川魚をわが喰ふことに変はりなからむ

川魚を好む家系をうけ継ぎて息子も鮴の塩焼き好む

塩漬けの鮴を飯漬けにして三月《みつき》もすればぼつぼつ食べらるるやも

昭和六十三年

盆栽

恐らくは盆栽の世話子のすまじ朝ごと見まはる数十鉢を

魚獲りも盆栽も子のかかはらずわれの代にて終るを思ふ

父の性わがうけ継げどわれの性継がぬ息子を夕べさみしむ

鈴なりに熟れたる柿をいつぷくにわれと妻とがぼそぼそと食ふ

すし鮒に飯を入れむと洗へるにいづくより来る銀蠅数匹

不漁てふ魦《いさざ》を湖北にもとめ来ていち早く妻の豆と炊けるも

魦豆の炊きたて妻の息子らに持ちゆかむとすまだ湯気たつを

師走二日夜半の電話にわれは聞く孫の誕生に初雪の降る

雪の夜に生まるる孫は男の子にて魚獲りに
また連れてぞゆかむ

転作の大豆売らむと灯のもとに妻は選りゐ
る音たてながら

氷《ひ》魚《うを》

雪淡くおく葦群らに出で来たり子持ち鮒溯
る旬をおもへり

葦真菰残り少なき沼の辺にまた浮かびくる
少年の日の釣り

ワタカ消え台湾泥鰌の消えし今増えるブル
ーギル・ブラックバスら

湖の面の茜に映ゆるは変らねど帰化種はび
こる魚も水藻も

〈抱きしめてびわこ〉と言はば目の前のごみ
を見給へその透明度も

湖東に生まれ湖東に生きて逝かむとす先の
見えたるわが一代か

比良山の雪見つつ立つわが父祖の幾たびも見し比良山の雪を

比良山の麓に今もあるといふ乙女ヶ池に薄ら氷張りゐむ

魚屋の主に呼ばれ出されたる氷魚の炊きたてつまみて喰らふ

暖冬と言はるる故かこの年の氷魚の育ちよきと聞きたり

獲りきたる鮒塩漬けにせむとして塩にぎりてはたしかむる嵩

血圧を気にとめ余り食はねども他人《ひと》にやらむとつける鮒ずし

片照りの日に照らさるる魞の竹さびれて再び魚を獲らずや

曽根沼の枯葦原によしきりの啼くを聞きたし亡き師の詠める

子振舞

文学に凡そ縁なきこと多く聞かされて去ぬ
木枯しのなか

年の瀬の川にひそめる寒鮒を獲らむとさで
網もちて来たりぬ

冬川に入りて寒鮒獲らむとすこれも父より
うけ継げる血か

獲りきたる鮒を煮付けにせむとして鱗剝ぎ
をり未だ跳ねるを

初孫の子振舞とて親族ら寄りて酒酌む睦月
のなかば

子振舞に招きしあまたの親族らひと日くつ
ろぐ特に女は

親族ら寄りて酒飲み飯喰らひ付き合ひごと
の大変を言ふ

親族の持ちて帰らむ捨鉢の馳走詰める妻勤
めのごとく

寒椿

身めぐりに春は来たれり幾人かかへらぬ湖を嘆くはありや

なにごとも他人《ひと》の眼に気をつかひ生きゐる妻をある日哀れむ

寒椿咲く庭にきて狡猾に生きるが得する世とぞおもへり

万両のあかき実狙ふ小鳥らの来たらねば山の雪は浅きか

雪かぶりやぶ陰に咲く紅つばき何もなさぬに早暮れてゆく

やぶよりもひときは高き欅へと夕べ啼きつつ小鳥あつまる

肌寒き夕べ欅のたかき枝に啼きつつ小鳥のあつまるあはれ

境目に先祖の植ゑし欅かもやぶよりぬき出で雪空に立つ

畦削ぎの鋤に切られし田蛙の悲鳴に念仏唱へてやらむ

直二つに切られてなほも動きゐる蛙埋めむと土をかけやる

螻《け》蛄《ら》

いつぷくの時は川土手歩みゆく魚のすがたの見ゆるまでゆく

たくましく畦に根をはる茅草を戦時は馬草と言ひて刈りしも

小さなる穴あけて螻蛄棲みてをり畦に螻蛄ゐる事はよきかな

朝十分夜三十分孫の顔をわれは見にゆく息子の家に

どうだんの花ほろほろと咲きたれば都に住める娘をおもふ

父よりの古りし鯉網に鯉かかりとびあがりしが破りて逃げぬ

夕暮れを釣具店に来て求めむとす鯉網三万円越すにためらふ

初に打つ鯉網に真鮒二枚入るは験がいいぞとひとりつぶやく

獲りきたる真鮒刺身にせむとして庖丁を研ぐ凹む砥石で

這ひ初むる孫あやしつつ階段をのぼるに疲るる足思ひをり

われに向き抱けとばかりに寄りてくる物言へぬ孫の見する表情

犬上川

平生は早起きせざるに魚獲りは疾《と》く起きてゆく夏の河原に

しづしづと流れ歩みて場を選び鰣《はす》産卵の波紋を待てり

投網のひろがりよければいち早く網なかにとぶ鰣二、三匹

はらみたる雌鰣をにぎるわれの手に黄なる卵の冷たく伝ふ

河はらの藪の奥より聞こえ来は殺生するな
のみ親の声か

どこからか抜きたる腸《わた》に寄りてくる小さき
鮴《ごり》の食ひ合ひにつつ

鮎はねる小さき波紋のをちこちにおこりて
長きひと日暮れゆく

九月一日禁漁に入る小鮎にて今しばらくを
獲られずにゐよ

滔々と流るる水の湖に入りその果ていづく
に流れてゆかむ

恐らくは父も六十余歳まで投網打ちをらむ
あといく歳ぞ

去年今年夏にうたふは魚獲りの歌ばかりな
りこれもわが生

田　蜂

早稲にはや追肥まかねばならぬてふ妻に言
はれて田に出で来たる

素足にて歩き田蜂に刺されたり足刺さるるは幾とせぶりか

やうやくに株を張る稲こだはるにあらねど米価今年もさがる

米買ふが安きと言ひつつ農機具をしまひて妻とひと息をつく

独り住む叔母にやらむと長浜に来たりて求むる鮒の洗ひを

さび鮎

禁漁の河原に小鮎悠々と泳げり産卵の最中ならむか

人けなき秋の河原に泳ぎゐるさび鮎の残る生命あはれむ

産卵を終へて死にゆくさび鮎のかかる密な死もあると知れ

河底にすでに死にたる鮎をりき雄が先よと漁師に聞くも

ひと歳の生命といふははかなけれ砂礫に早
も白きなきがら

恐ろしくまた哀しもよ川底に見る小鮎らの
群れしなきがら

死に鮎の群れの匂ひか生ぐさき河原の風を
嗅ぎつつ立てり

河はらに小鮎の生死を見て帰り夜半にうか
ぶる父の死母の死

オヒカハの腹の紋こそこよなけれ曽てビハ
マスに見し雲状紋
（オヒカハ＝鯉科の淡水魚）

たまに見る魚屋に売らるるオヒカハのなれ
鮨一匹百七十円か

われ逝かば湖に墓標を建ててくれ鯉鮒鱒と
暮らさむがため

平成元年

笹　尾

彦根なれど未だ知らざる山里の笹尾の紅葉見むと出で来ぬ

紅葉にも黄色くれなゐ橙色あるを石段に立ちて仰げり

栗ご飯栗の甘煮を食みにつつ媼の話に相づちをうつ

梅の花つぎはこぶしの花咲くと山の媼は春待ちをらむ

仏生寺荘厳寺また阿弥陀谷媼は信長に焼かれしを言ふ

少林寺地廻り観音の御詠歌に「仏をば外にもとめず」とあり

小さなる流れにも山の魚棲みて影に素早くその身をかくす

濃く淡く山の雑木の紅葉するこの山里にしばし住みたし

石楠花を数多育てる翁に会ひそのひと鉢を
分けてもらへり

山下りし人の多きか朽ちむとす茅ぶき屋根
に苔の青むも

供養塔ここに集めし村人ら法華堂とぞ呼び
てをろがむ

紫雲英《げんげ》

種まきし椎も蘇芳も蠟梅ものびたり孫のや
うやく歩む

体力の衰へ来しを覚えつつ歩み初めたる孫
の手をひく

孫の守りに追はれし妻か転作の大豆草なか
に探しつつ引く

草なかに稔りし小豆を引きに来ればはぜた
るは早赤き実こぼす

路地に入り過ぎむとするも漂へる木犀の香を立ち止まりかぐ

朝顔のたねを採りきて来年も花咲かさむと袋にしまふ

転作田に紫雲英まかむと求めたる種袋には中国産とあり

砦を守れ

湖の面に耳あてて魚の嘆く声を痛みの声をみな聞き給へ

雪の日は湖の深みによれる鮒卵を抱きてこもりてをらむ

雪晴れの湖の深みに鮒たちはしづかに尾鰭ふりゐむ頃か

雪舞へど魚らはよりて歌ひゐむその歌聞きたく湖辺に立てり

枯葦の風になびくを見てゐたり枯れたるは
もう立ちあがるなし

口開き一せいにわれに向きてくる鮒らよ何
をおそるるなれや

人の世にうらと表のあらむとも魚介にはな
き名誉も財も

いつどこで果つるか知らね水の面に醜きす
がたさらす魚なし

人の世に何も関はりなき魚ら昭和も平成も
なく子を持たむ

天敵はビハバスかはたブルーギル日々喰は
れゆく魚を憐れむ

ブルーギル・ビハバス増えるも鮎鮒よ侵さ
るるなく砦を守れ

還暦

他人ごとと思ひてゐたる還暦を迎へむ春か
と玉砂利を踏む

遂にしてわが還暦の平成となるをよろこびひそと寂しむ

わが明日の生命の証しなけれどもこの梅咲くは確かなるべし

小学校の同級生十人すでに亡しわれ生きのびて何をなさむか

今年より菊作りをば始めむと本屋に来たりて菊の書を買ふ

土からと言ふ菊作り庭隅の落葉あつめて腐葉土つくらな

生産者米価のさがる情勢になぜ圃場整備の補助金多きや

土地改良工事入札の立会に出できて昼間をどっと疲るる

枕辺の読みさしの本の一冊に野間宏著の『歎異抄』あり

冬の街にほこりまみれの風うけつつ命一つを育みてゆく

雪のなき冬をよろこぶ人多きされど狂ひて咲く花のあり

乙女椿

雪降らぬ冬にて山の鳥けもの食物ありや山降りて来ず

雪の日はひとときは窓辺の明るくて誰にも言はず喜びてをり

雪やみてしばしの照りに椿の葉一せいに光る目に痛きまで

夕暮れの寒空を一羽湖さしてゆく鳥のあり行方見送る

たのしみにわれの待ちゐる三人目の孫の生誕は弥生半ばか

枯るるものみな枯れゆきて生きてゐるもののみ芽吹く春の日うけて

一瞬に轢かれて果つる野良猫も生まれくる孫も生命は生命

穴掘りて葬りし猫に黒土をかけつつおもふおのが入る日を

田の畦によもぎ萌えたり草餅をつくりくれし母逝きて七年

新品種多く出まはる世をよそに乙女椿のこの年も咲く

もんどり漁

川魚の習性つかみし祖の智恵かもんどり漁法の今も残れる

鮒鮨の鮒を獲らむともんどり網さがし求むる釣具店に来て

もとめ来しもんどり網につける篠取らむと来たる犬上河原

夕暮れの川に来たりてもんどりを掛けをり水藻の切れ目選りつつ

ニゴロ鮒減りゆく聞けばゲンゴラウ鮒獲りて今年も鮨に漬けむか

朝明けに網あぐるとき手応へにて鮒か鯰かすぐにわかるも

ひと網に二つ三つ掛かれるは夜に連なりて溯りし故か

砂子屋書房 刊行書籍一覧（歌集・歌書）

2019年４月現在

＊御入用の書籍がございましたら、直接弊社あてにお申し込みください。
代金後払い、送料当社負担にて発送いたします。

	著　者　名	書　　名	本　体
1	阿木津　英	**『阿木津　英 歌集』** 現代短歌文庫5	1,500
2	阿木津　英 歌集	**『黄　鳥』**	3,000
3	秋山佐和子	**『秋山佐和子歌集』** 現代短歌文庫49	1,500
4	雨宮雅子	**『雨宮雅子歌集』** 現代短歌文庫12	1,600
5	有沢　螢 歌集	**『ありすの杜へ』**	3,000
6	池田はるみ	**『池田はるみ歌集』** 現代短歌文庫115	1,800
7	池本一郎	**『池本一郎歌集』** 現代短歌文庫83	1,800
8	池本一郎歌集	**『萱鳴り』**	3,000
9	石川恭子歌集	**『Forever』**	3,000
10	石田比呂志	**『続 石田比呂志歌集』** 現代短歌文庫71	2,000
11	石田比呂志歌集	**『邯鄲線』**	3,000
12	一ノ関忠人歌集	**『木ノ葉揺落』**	3,000
13	伊藤一彦	**『伊藤一彦歌集』** 現代短歌文庫6	1,500
14	伊藤一彦	**『続 伊藤一彦歌集』** 現代短歌文庫36	2,000
15	糸川雅子	**『糸川雅子歌集』** 現代短歌文庫137	1,600
16	今井恵子	**『今井恵子歌集』** 現代短歌文庫67	1,800
17	岩田記未子	**『岩田記未子歌集』** 現代短歌文庫136	1,500

18	上村典子	**『上村典子歌集』** 現代短歌文庫98	1,700
19	魚村晋太郎歌集	**『花　柄』**	3,000
20	江戸　雪 歌集	**『駒　鳥（ロビン）』**	3,000
21	大下一真歌集	**『月　食』** ＊若山牧水賞	3,000
22	大辻隆弘	**『大辻隆弘歌集』** 現代短歌文庫48	1,500
23	大辻隆弘歌集	**『汀暮抄』**	2,800
24	大辻隆弘歌集	**『景徳鎮』** ＊斎藤茂吉短歌文学賞	2,800
25	岡井　隆	**『岡井　隆 歌集』** 現代短歌文庫18	1,456
26	岡井　隆 歌集	**『馴鹿時代今か来向かふ』（普及版）** ＊読売文学賞	3,000
27	岡井　隆 歌集	**『銀色の馬の鬣』**	3,000
28	岡井　隆 著	**『新輯 けさのことば Ⅰ・Ⅱ・Ⅲ・Ⅳ・Ⅵ・Ⅶ』**	各3,500
29	岡井　隆 著	**『新輯 けさのことば Ⅴ』**	2,000
30	岡井　隆 著	**『今から読む斎藤茂吉』**	2,700
31	沖　ななも	**『沖ななも歌集』** 現代短歌文庫34	1,500
32	奥村晃作	**『奥村晃作歌集』** 現代短歌文庫54	1,600
33	尾崎左永子	**『尾崎左永子歌集』** 現代短歌文庫60	1,600
34	尾崎左永子	**『続 尾崎左永子歌集』** 現代短歌文庫61	2,000
35	尾崎左永子歌集	**『椿くれなゐ』**	3,000
36	尾崎まゆみ	**『尾崎まゆみ歌集』** 現代短歌文庫132	2,000
37	笠原芳光 著	**『増補改訂 塚本邦雄論 逆信仰の歌』**	2,500
38	柏原千惠子歌集	**『彼　方』**	3,000
39	梶原さい子歌集	**『リアス／椿』** ＊葛原妙子賞	2,300
40	梶原さい子	**『梶原さい子歌集』** 現代短歌文庫138	1,800

殺生をするは悪しきと思ひつつ今朝も鮒獲るを父笑ひゐむ

ニゴロより頭小さきゲンゴラウ鰓より腸《わた》を抜くはむつかし

子持ち鮒腸を抜けども跳ねてをり顔見えぬまで塩ふりかくる

いま卵産む旬なるやもうろこ剝ぐ鮒まないたに卵たれをり

鮒漬ける塩加減とくに気をつかひ塩にぎりては稍もどしゐる

ビハバスの増えゆくてふに減るニゴロ近江の味のゆく末暗き

菊

父も作りし菊作らむと思ひたち花屋に求むる苗二十本ほどを

菊は先づ土よりと聞き去年の秋作りし腐葉土掘り返しゐる

一本の菊にもそれぞれ名のありて人間と同じ生命もてるや

菊作りの本読む夜更けかたはらに妻は山椒の実を選りてをり

如何ならむ菊に育たむ菊作り一年生の不安は去らず

来合はせる菊作る老いに声かけてあれこれと聞く菊の話を

いづこにて摘芯するや迷ひつつ菊を見直すひと鉢ごとに

芯をとめ抑制剤を散布せむとその使用方法をくり返し読む

菊に明け菊の暮れゆく日々にして妻は凝り性とわれを笑へる

まぼろしに大輪の菊うかびくる白色黄色管ものまでも

四、五本の菊の枝三本にしぼらむと朝のひと時迷ひてゐたり

小　鮎

魚へんに占ふと書く鮎の字よこの魚でいつ
何占ひしや

人と鳥と魚にも追はるる小鮎らの追はるる
ばかりの生を哀しむ

鱒獲りに来たりしわれが小鮎らに獲らはる
るなと言ふは可笑しも

人間に釣りあげらるる小鮎らの今日をかぎ
りの生命の光る

涸れてゆく水に泳げる小鮎らよ産卵の期ま
で生き残るべし

手のうちに二、三度はねて死にゆける小鮎
の生命のああ軽きかな

小鮎らの死こそかなしも河底の小さき骸も
ひとつの生命

氷魚よりさび鮎までのひと歳をおもへば短
し小鮎の一生

オヒカハ

（鯉科の淡水魚）

来る日日を菊の世話にて明け暮れるわれに田畑を妻の見よてふ

畑の世話妻に任せて菊作りまた魚獲りに一途なる夏

盆休み妻の不平を聞きながら朝明けの川へ魚獲りにゆく

鰣《はす》の旬すぎれば少なきオヒカハを獲らむと再び宇曽川へ来ぬ

美しき紋もつオヒカハとみに減り掛かるは雌の鮠《はや》が多きも

小鮎らの大きくなりて投網に入るを払ふとき香をただよはす

オヒカハも昔のやうに大きなるはをらず型の小さきがさびし

オヒカハ鮨郷土の味の最高と言ふにねらひてやうやく三十匹ほど

二、三羽の白鷺は魚を獲らむとし浅瀬に立ちてじつと待ちをり

獲りきたる十センチ余りのオヒカハの背をひらかむと庖丁を研ぐ

背をひらき腸をとりたるオヒカハは鮠と一しよに塩漬けにせむ

宇曽川の桜並木は跡もなしいまコンクリートの堤防つづく

堤防にのびたる蓬あをぐろく胸もとまでものびあがりたり

洪水に堤防切れしいくたびか改修されたる川しづかなり

虻

稲よりもひとときは高く稗のびて種みのれるも抜く手間なきや

稔りたる稗抜くわれにまとひつく虻二、三匹払へど払へど

宮の森にしづかに雨のそそぎをり何も音なき終戦記念日

道端にころがる蟬のむくろ一つ小鮎よりなほ短き生か

来年の農繁期に娘の産むを聞く妻は産むこと拒まれて来し

家のこと気にせず娘に産めといふ妻の電話を黙し聞きをり

とり入れに忙しき人にかかはらず野菊の畦に咲きゐるに会ふ

菊の葉を食ひたる虫を怒りつつ食はねばならぬ汝を哀れむ

菊は子を育てる如しと老いの言ふ心より愛をもつことならむ

あとがき

本集は『聖湖』『湖の挽歌』『続 湖の挽歌』につづく第四歌集である。昭和五十九年より平成元年に至る六年間の作品五一六首を収めた。本年還暦を迎えたので、一つの区切りとして出版した次第である。

さて、第二歌集において「土着の歌人を」と言い、第三歌集において「近江の歌人を」と言った私は、本集において一体何を言えばいいのだろうか。結局は「湖に墓標を」と言うしかなかった。そのわけは本集によって少しはおわかりいただけるものと思う。

近江の湖畔にあって、その風土と風物をこよなく愛し、自己の体験をとおしてひたすらにうたってきたというものの、私の作品は四季にしたがって、年々同じことをうたっているように思えてならない。即ち、進歩がないということになろうが、今後もこのようにうたってゆくしかない。そうした中から自己の生き方なり、自己の生命をうたいたいと願っている。所詮私のゆくところ湖であり、その生命源は湖魚にあるが、本集の作品が「湖に墓標を」とする理念に、いささかでもつながっておれば幸いである。

本集の題字は前歌集と同じように香川進先生にお願いした。これも歌につながる縁とよろこんでいる。又、出版にあたっては好日社の米田先生始め、多くの友人から助言や激励をいただき、厚くお礼申しあげる。尚出版の労をとっていただいた短歌新聞社の石黒社長にもお礼を申しあげたい。

平成元年師走

小西久二郎

自撰歌集

『湖《うみ》の挽歌』（抄）

花　水

あきんどの水足らざるをのみこみしお世辞に苦き胸酸《むなず》こみあぐ

隣り村の川にあふるる逆水をわれは唾のみ見る幾たびも

水入れよりおこる争ひ見て帰り舌うちひとつ空のあかねに

稲の花うかべ走るを花水と教へてくれし人も逝きたり

人見えぬ暑き日中の田を廻り盗人のごとく入るる花水

水涸れし村は農夫の眼の中にけもの住みつく怪しきまでに

世の変り人の変れる今をなほ番水の掟にしたがふわれら

もう枯るることなき稲に争ひて水入れるなと妻をいましむ

花水の田尻にとどくを見とどけし宵はやさしく妻に対ふも

軒端に陽ざし集めて槌の子をふりあげ母は豆をたたけり

休耕の田にあかき旗立てられて妻の植ゑたる慈姑《くわゐ》のきほふ

椋鳥

納屋近く無花果の実の熟れたれば籾もち帰りとりにゆく妻

群鳥の空過ぎしより晩生稲《おくて》刈るわれをにはかに闇の包みぬ

稲を扱くわが口もとに火をつけし煙草を父はくはへさするも

一輪車で籾運ぶとき畚《もつこ》にてになひし祖父母の影を思へり

稲扱きの莚の外にこぼれたる籾ひろふ母の肩は小さし

鼻水をすすりつつ慈姑掘るわれのさまを見下ろす椋鳥の群れ

新春のあいさつをなす妻の指に絆創膏の貼られて居たり

口そろへ妻と母とが新漬けの重石《おもし》をとれと告げくる夕べ

穂肥

愛農の心失せにし手にも穂を把ればかへり来土への執着

剃刀の刃をもて稲を切り開き幼穂《えうすゐ》を確かむ夜の灯の下に

朝露に濡れつつわが田廻り来て施肥量を記す広告のうら

乾きたる田面をちよろちよろ浸しゆく出穂《しゆつすゐ》期の水の行方見守る

長らくを稲田見ざりき日曜日の午後に来て見る今年の走り穂

西瓜一つ転がる土間に戻り来て母は大根の生えしを告ぐる

埋めらるるわが田のあたりブルドーザーの動くを遠く見守りて居つ

穂ばらめる稲田へ入るる水は涸れ少女のごとき蛭草《ひるくさ》の花

罅《ひび》われし穂田にしみゆく水の音よろこび妻と畦に分け合ふ

花水を欲ばる農夫をののしりし日より脳裏に住みつく鴉

たくましき闘志も稗《ひえ》に似てあはれ疎まれながら生きてゐる父

はなやかな生活《くらし》に追はれゆく村の日暮れ稗束持ちて帰り来

倒伏の稲を思へる妻ならむ町ゆく今日を多くかたらず

出稼ぎに出でて訪ぬる人をらず稲の花咲きまた散りてゆく

鼬《いたち》

わが顔をしばしみつめて野路よぎる鼬のみゆるかなしき秋ぞ

出稼ぎの村は尺余の草枯れて午後の陽ざしに穂芒ひかる

亡き君の書きし字とわかる封筒がテレビの下に今もなほあり

天窓より冬のひかりは洩れきたりそこにたまれる煤照らしをり

飯炊きつつ鍋蓋《なべぶた》の上に落ちて来し煤を口にて母吹きちらす

加工液つきしわがシャツ脱殻《ぬけがら》の如く干さるる納屋のおもてに

帰り来て加工液附く服脱げばたちまち家の重みかぶさる

北側に雪をとどめて立つ冬木家の重みに妻耐へゆけよ

納屋の戸の幅だけ冬の陽はさしてそこだけに舞ふ藁埃《わらぼこり》あり

ぽとぽとと雪解の雫の音のして軒に干されし足袋乾きゆく

黄土色に竹藪の病むを見にゆきて落葉のぬれたる道もどり来ぬ

妻のこぼす愚痴なぐさむる夜の更けをトタン叩きて降る時雨あり

農家には嫁に来る娘《こ》がないといふ妻の生きざま見てはうなづく

砥石《といし》もち草刈りにゆく老農夫のつひにひとりとなりしわが村

縄

一代を軍国主義にてつらぬける父をうからはみな疎めるか

ひと冬は手縄を綯《な》ふが仕事ぞと雪の日も納屋に父の籠れる

ひねもすを唾つづかねば縄をなふ側に手水を父の置きたり

犬つれて納屋にゆく父犬に引かれ子供の如しチビと呼べるが

父ちちと父を疎める胸うちを冬の林にある
日は捨てむ

父逝かば孝なさざりしを悔やしむや雪の野
にきて責むる愚さ

湖の魚このめる父のために買ふ鰣子《はすご》のうろ
このひかるしろがね

縄なふに藁の節《ふし》切ると父がつね携ふる古出
刃光りてゐたり

うすら雪のこれる畑に出る蕗の薹の味噌炊
き父の好める

雪多き冬去らむとす幾たびか凍るに耐へし
草木よ父よ

春くればまた魚釣りに明け暮れむ鮒釣る記
憶のこせる父の

鰣《はす》

盆までは鰣の来るとき水あをき夜のひきあ
けに網をおろさむ

投網のいくつか父よりゆづり受けこの夏の鰣獲るべくなりぬ

休日の定《き》まりのごとし魚獲りにわがゆく妻に叱られにつつ

魚獲りに白はいかんといふ父の言葉まもりて着るわがシャツを

河はらの浅きに鮠《はや》も鮎も見えつかのまなりし少年の日日

かがまりて動きすばやき鰣を待つ流れの反射はわが身に集まる

しづかなる手応へあれば三つ四つの鰣は入るなりわれよ落着け

しづしづと網よするとき魚白くひかれば胸の鳴りてくるかな

あたらしき投網のみゆる河はらに父のゆづりの網はふるしも

肩に網をかけたる足をしのばせて水に入りゆく狙ひは淵と

網うちをはじめて十年鰻《うなぎ》獲りしことが記憶となりし夏ゆく

投網のつくろひわれに教へたる父忘れたれわれも忘れぬ

俎板にならべる鱒の鱗ひかり侵されざらむ清しさをもつ

なほはぬる魚の臓腑を出だす母に習ふことなく妻は焼くなり

離反する性もちながら魚を獲る血潮は父より継ぐものと思ふ

近江に棲み湖魚を食らひて果てむとすわが生涯の終りのあらむ

筑摩、朝妻

菅笠を被りし祖《おや》らなつかしむいま筑摩野の眠りはふかし

天野川ここに流れて湖に入る息長《おきなが》川とかつて呼びしに

春売りし村の歴史は微塵だに見えずはなやぐ子ら浜に来て

にほ鳥の息長の名を慕ひ来て陽にひかり居る天野川を見ぬ

子守りする村の老婆に声かけてみささぎまでの道をたづぬる

広姫のみささぎ深くしづもりて椿の大樹の葉が照り返す

かなしみの証しの如しみささぎをかたくとざせる鉄扉に錆は

村居田へ地図をたよりに訪ねきて伊吹の麓を今日見とどけぬ

湖北路のみささぎひとつ珠玉《たま》のごとわれのみの夜に光りてゐたり

河口の砂に遊べるからす二羽いかなる眼もて湖見て居らむ

風雪に荒れしは能の舞台より人のこころと思へてならぬ

佐和山城址

のこるものなにひとつなき三成の城跡に来て先づ汗を拭く

樹の陰にあはれ立ちたる群霊碑われをとら
へて語らむとする

哀しきは「あうむ物語」城址のひそけきに
聞く初蟬の声

手入れよき裏白《うらじろ》の葉にふるひかりわが終末
もかく静かなれ

失はれしものの声きく城址より彦根の城の
天守閣見ゆ

人が成し人がつぶせる城址に木草の生ひて
夏逝かむとす

戦国に生きたる武将の終末を脳裏におきて
山を降りゆく

もみぢまつり三百年祭今にして知将三成よ
報はるるべし

『続 湖《うみ》の挽歌』（抄）

雪　52年九〇首

農夫なればつね塩辛き菜とりて中風になりしか祖父母も父も

われもまた中風にならむを思ひつつ鰈の白身夕餉に食みをり

祖父の植ゑし白山茶花のやせし木に垣根を越えて射す茜あり

凍てつきし浜街道を北にゆくタイヤチェーンの軋み気にしつ

しろがねの原を流るる天《あま》の川の生きゐる如き面のやはらぎ

川のみがうごける雪の朝明けを白鷺は橋のしたにひそまる

茫茫と雪おく湖北にそそり立つ伊吹の雪に射す陽まぶしき

磯山の根雪のうへに今朝ふりしこな雪風に散るを見て過ぐ

立春は名ばかりならむ鈍色の湖に沖より雪また来たる

取り入れに使はれたるは幾日ぞ萬年杭の沈黙ながし

湖北路の十一面観音雪なかにこもりてひそと笑み給ふらむ

雪を吸ふ湖面に浮ける鴨たちの寒さをむしろ楽しむごとし

縞照りの湖の輝きにならび浮く鴨よいづくの果てより来しか

汚れたる雪積みあぐる店先に魞にて獲れしやはねる小諸子

煉炭の火にて諸子を焼かむとし金網《あみ》にならぶるまなこ透けるを

雪なかにもとめし諸子焼く妻の小皺増えしをしばし見てゐつ

のぞき見る湖に遊べる真鴨らの一羽が凍て道ゆくわれを見ぬ

雪降れば納屋までの雪除けむとし父のきほへる息白き朝

雪積むにまた雪の積むこの冬を吐く息ふとく父生きむとす

裏庭の雪を見に来て庇よりさがる氷柱を今朝も食らへり

冷たしと妻のつぶやき出し来たる鮒鮨の匂ひ部屋に拡がる

育苗機なければ苗代つくらむと鋤鍬もちて妻と野に来ぬ

湖の向かふ比良の暮雪の見ゆる野にひねもす妻とつくる苗代

雪のためおさへられたるそら豆の温き陽射しに立ちあがりくる

畦の木の柴も次第に減りたるや風呂の焚物のなきを言ふ母

近江路の追ひさで漁を今に継ぎ夜明けの湖辺に鮎とる漁夫ら

追ひ子もつ棹の先なる黒き羽根鳥に見せかけ魚とるかなし

散らばれる稚鮎あつめて網に追ふ追ひ子の棹の捌きしなよき

追ひこめば息を合はせて網あぐる網の雫を陽に光らせつ

しろがねの魚とることを糧とする漁夫を羨しみまた憐れめり

このあたり標野ならむか遊猟《かり》のさま船岡山に立ちて思へり

万葉歌碑　四首

市辺《いちのべ》の松のみどりにふるひかりひと足早し湖東の春は

赤土の山に小松をとりに来て君に会ふごと訪ぬる歌碑を

国道をそれて街道ゆくときにホルモン「萬葉」の看板に和む

理髪にもゆけざる父の髪刈ると新しきバリカン妻の買ひ来る

子供らに手伝はせて籾種播きにつつ農やめたきと妻にはふれず

休耕の田に植ゑし梨の花咲きて今年も見ぬ間にまた散りゆかむ

梨の花うたひし君の病む聞けば見ぬ間に散れよ梨の花びら

犬飼志げの病む

みどり濃き甲賀の里に見舞ひ来て言葉一つ
も交さずに去ぬ

病みてなほ人を許さずみづからも許さぬ君
の性をかなしむ

やせし手を君に出ださせ伝はらぬ温みと知
りつつ握るひと時

実をつけし柿の青葉にふるひかり君病む窓
に及ばむものを

ひたすらに歌に賭けたる君惜しむ雲も湖面
も燃ゆる入日に

志げの逝く　六月二五日

あざやかな雪の花より雪の死へ流るる命を
惜しめ、みづうみ

吹雪くなか立てる一樹の叫ぶ声たとへばわ
れは倒れてならぬ

耐へ耐へて生きゆく君の声なれや雪よりき
びし君が死の歌

竹藪の裏道むかし歩みたるある日のままに
君は生きゐる

死を思ふ君の歌なりあかときの合唱となり
てわが耳を突く

きらきらとひかり流るる川をいま息長川《おきなが》と呼ぶ人ありや

香川先生を息長へ案内する　七月九日　六首

息長宿禰墳墓と伝ふる前に立つ落葉重なり乾ける見つつ

ただ一つ息長の名をとどめたる小学校の門安らぎてみる

この宮居いにしへ青木の宮てふを知りし喜び告ぐる人なし

浜松のいく本今年枯れたるを近江路に来て君の惜しめり

遠浅のさいかち浜のいづくまで陸になるかとわれに問ふなよ

河はらの瀬にしづかなるさび鮎の香りこの手にしばしとどめよ

未だ暑き早生稲刈りに流れ出る汗は睫毛にたまりて重し

手にとりし稲穂のなかに三つ四つ赤飯と聞く籾粒まじる

さみどりの紫雲英《げんげ》に藁をおほひたる遠き日父の頑健なりき

草刈り機もち来て刈らむ草むらにこほろぎの声するを聞きをり

使はざる農機具納屋の隅にありほこり被りてすぐる幾とせ

鋤掛けの赤錆びし鋤いくたびも手にせし記憶父になからむ

朝朝を鏡に向かひ鬚を剃る髪のうすきは気にせずなりて

銀色のすすきの原をよぎるとき近江の秋とわれにつぶやく

色づきし稲の止め葉における露いっせいに光るわれの行手に

豊作を伝ふるニュース余所者のごとく夕べにさびしみ聞けり

まれに来て手にとる晩生の稲の花親しき友にはかく会ひたけれ

鯆《はす》とりにも小鮎とりにも行けぬまま夏すぎゆけりこの夏もまた

炊きたての子持ち鮎酒の肴とし香魚といへる味をかみしむ

年魚とぞ呼ばるるあはれさび鮎の姿浮かび来夜を醒めをり

幾とせ前投網でとりし落ち鮎のかなしき眼それより見かけず

魚釣りにゆけねば飼ひゐる縞蚯蚓掘ることもなくすぐる春秋

立枯れの葦群らさわさわ鳴る音を父より寂しくわれは聞きをり

お旅所の祠修理のお祓ひに来たりて梢にからすの巣を見ぬ

長らくを無花果食はざり籾摺りのあひにとりきて妻の食はしむ

祖《おや》たちの「農魂」の碑のかたはらにひと群ら朱にもゆるサルビア

代だいの万年杭はうらさびて湖北は雪積む冬をむかふる

余呉川周辺

余呉川の浅き流れの処処にある水の淀みにあそぶ小魚ら

川端のさくら並木は紅葉して冬にかまふる樹肌きびしき

枯れ果てし土堤の色を焼くほむらひときは音たて移りてゆけり

幾とせも祖ら通ひし丸木橋朽ちたる影を川面にうつす

余呉川と磯野山とのあひにある小山田は稲を扱き捨てしまま

鮮やかな山の紅葉を映したる西埜の湖に魚しづかなれ

初霜の冬田にからす群れ来たり二、三羽が啼く何てふ声ぞ

夕風に川の流れはちぢまりて待つ人のなき日暮れは早し

わが被る麦藁帽をうつしたる水底にひそと泳げ、鮒くん

ささ波の湖辺に蛭のごとく生き祖の手形も足形も見ぬ

岩走る姉川の秋に拾ひ来し石より匂ふ桑の香淡き

にほ鳥は息長《おきなが》の名の消ゆるとも朝妻あたりの湖に遊べる

湖北路の尾上《をのへ》湊の舡に入るオヒカハのすがた夜目にあたらし

犬上の梨木《なしのき》峠の芒原に踏み入りて聞かむ亡き師の歌を

鳰《にほ》　53年　五四首

蒲生野の果てなる無住の寺に来て再びまみゆる赤人の像

赤人寺、鬼室集斯墓へ阿部正路氏らを案内する　九首

赤人の小さき歌碑を囲みたるつつじは歌碑を隠さむばかり

赤人の廟に刻める文字のなか人麿の二字こだはりて読む

赤人のゐにしの寺のなぜここに公孫樹の大樹仰ぎつつ思ふ

湖遠くはなれて来たる古野《この》の里集斯の墓は小山田のなか

いにしへの小野《この》の秘境に眠るなれ汝の墓石は一尺五寸

一族はここに住みつき墓守《も》りて素朴な社造りたりしか

近江路の奥山里はしんかんと未だ早きにかげる冬の陽

はるばると訪ね来たりて墓見しと告ぐるなければ自らに言ふ

薄明に伊吹の嶺の見ゆる日は天気よしとて祖ら生き来し

煉炭にかがまり居眠りする母よ蜆のごとく殻にこもるな

田を守りわれら五人を育て来て母は仕事のなきをなげける

頑なる父に仕へし五十年華奢《きやしや》なる母のひと世あはれむ

切り藁を燃やす野火なれ執念のごとく幾条か田面這ひゆく

米あまれば米を作らず麦大豆作れと転作割当来たる

大根《だいこ》引き済ませし妻のやれやれと夕餉とりつつ独りごと言ふ

榎とは知らず生涯よのみとぞ呼び来し祖父
のはや三十回忌

迷ひてか葦群らにゐる鴨一羽逃げずに澄み
し眼でわれを見ぬ

雪つもる河口に五、六羽ゆりかもめ居りて
雪との差別《けじめ》のつかず

もぐりたる鳰の行方を目に追へどおほかた
違ふ方角に浮く

何事も鳰のごとくにするべしとわれに言ひ
つつ夜の眼閉づ

カマツカは皿に盛られて売られをり味なき
魚の末と見てゐつ

鳰鳥は雪ふる夜を如何にせむ凍ることなき
湖とは知れど

雪ふれど藁打つ音も縄なひ機の音も聞こえ
ず日暮るる速し

雪の歌多くのこして逝きし君湖南も今年は
雪降るものを　志げの

百本繰り二十五円とふリリヤンの内職に励
む母生き生きと

かたことと母のリリヤン繰る音は生きの証しの如くひびくも

リリヤンをくるくる廻して繰る母に機織りし若き母を想へり

内職の僅かな代金うけとりていただく母よ長生きすなよ

川さしていち早く遡《のぼ》る本諸子釣ることもなく過ぐる幾春

竿の先ふるはせて諸子いく匹も釣りしは遠きまぼろしのなか

釣針にみみずつけては泥くさき指先あたりの草で拭きけり

焼かむとし金網《あみ》に並べし本諸子目玉より先づ白くなりゆく

炭火にて焼ける諸子のふくれきし腹の破るる音の哀しき

人もかく焼かるるならむぶくぶくと水気出だして焼かれゆく魚

人と魚の一生いかほど違へるや焼きたる魚を食べつつ思ふ

本諸子・田諸子・鰉《ひがひ》・すご諸子雪の夜は顔を浮かべて眠らな

時うつり諸子釣ることかなはねばまぼろしに見む群れの遡《のぼ》るを

疎まれて買はるるならむぼてじやこのうす紫の鱗見てをり

網の目を胴にのこして売られゐる石斑魚《うぐひ》の腹の朱色の紋

汚れゆく湖に生きつぐひと群れの小魚の波紋の動き見守る

大きなる蜆ほど身体に悪しきてふ蜆汁すすり育ちしわれに

しづかなる湖面に僅か水脈《みを》をひく鯉を待つとて岩に座す老い

宮人の船遊びせしあたり指し人は汚れのはげしきを告ぐ

この湖のいづくにひそみ暮らすかもビハマスの顔四、五年も見ず

その昔村長の叔父が植ゑしとふ浜松一里陰をつくれる

かの日見し鯉のいづくを泳ぎゐむ茜をうつす湖に来て立つ

やや赤き真砂にひたひたよする波わが死後もかくよするを思へ

誇りゐし湖北の水をうたがふは人に裏切らるるよりも淋しき

うごきややにぶき鮴《ごり》など如何にせむ赤潮の記事に心痛む日

背丈越す葦の下葉のはや枯れて一つの生命の終焉近し

手に掬ふ湖水の病みに自らのおとろへゆかむ生命思ふも

水郷の失せるを惜しむいくたりの中に雄郎、謙蔵の声

近江の海千鳥の声を聞きたくて君は来るてふこの秋もまた

香川先生

父

54年　七二首

ひねもすを湖見ゆる田に働ける汝《な》の手を握る夜の寝ねぎはに

大型の農機買へねば稲を刈る妻見守りつつわれは稲架《はさ》結ふ

本心と言ひ難ければ朝朝に無理をするなと言ひて家出づ

野良着のまま夕支度する妻のもんぺのところ処に土つき乾く

年ごとに湖北の紅葉見にゆかむと汝に言ひつつ未だ果たさず

水茎の丘の日暮れに立ちて見る原始のごとき湖の夕焼け

転作の大豆は草に埋もれてみのりしははや実を落とし初む

土間伝ひ近づき来たる足音のちぐはぐなれば父とわかるも

ひたすらに手縄なふ父なに思ひ今日もこもりて縄なひをらむ

老い父が執念のごとなふ縄のどこにも売れねば納屋に転がる

頑なに農のひと世を過ごし来ていまは魚釣りもかなはぬ父か

鋤掛けに鋤鍬掛けに鍬父の世はつねに光りて掛けられてゐし

蹄めか恐れか日毎死ぬ死ぬと言ひゐる母の今日も糸繰る

死にたくば死んだらいいと母に言ふ我に言ふなと合図する妻

煉炭を守《も》りするごとき母に見る迫り来む死をおそるる姿

若き日は仏の道をよろこびし母なりいまをなんにおびゆる

親と子のかかる疎外にかかはらず石楠花の蕾軒にふくらむ

隣り家の報恩講の席にあり餅食べながら父の逝きけり

三月四日父逝く　享年七七歳

よろこびて報恩講に参りたる父昼までは縄なひゐたり

余りにも父の最後の頼りなし死に目にをらねば尚更にして

御院主と隣人多く見守れるなかにて父の生涯を閉ず

四人の兄弟をれば土葬にすとわれは即座に院主に応ふ

足を曲げ頭も曲げて棺に入れる体格よかりし父をほめつつ

農夫の父軍人の父浮かび来て弟ら寝る通夜を醒めをり

兄弟が棺担ぎゆくそのために男四人育てしならねど

塔婆建て柵めぐらせる地の中に父の眠れり吾もいつかは

一滴の涙見せず父の葬り終へ来て夜半に飲む茶碗酒

忽然と父逝きければ忽然とうつ病の母のやまひ抜けせよ

ちちちちと千鳥の啼けば父恋ほし労らざりしを悔やむ湖辺に

春祭の告示を見れば汗かきて笛吹きをりし父の思はる

足悪き父の魚釣りあやぶみて釣竿母のかくせしを言ふ

人に聞く父恋峠のありしかば訪ねてひとり泣きたきものを

葬式の費用はおほかた食物と引物に消え初七日の過ぐ

なが歳月背き憎みて来たりしと父との仲は誰にも告げず

父の着し服など忌明にとり出だし着る気なければ弟らにやる

水争ひ境界争ひいくたびか父の直ぐなる生きを思へよ

名もなさず財もなさずに終りたる父の一生《ひとよ》をむしろ誇らむ

自転車に乗りたるままに川に落ち元気に上りしありし日の父

隣り家に山茱萸咲けば植ゑずして父の植ゑしと畑にゆきしも

息づかひ荒かりし父の近づける思ひして今宵も夕餉食みゐる

かたくななる父に背きて家出でし少年無頼は昨日のごとし

二人して魚を釣るとき飴玉を三つ四つくれしこと思ひ出づ

戦場をつねに語りし父の饒舌ふたたび聞く日なきをさびしむ

飯食うより鋤鍬洗へと口ぐせに言ひたる父の声まだ残る

手のひらに莨火《たばこ》払ひまた吸ひて畑の段取り考へゐし父

父の植ゑし盆栽の藤のびたれど今年も花房ひとつも見えず

歯ぎしりも高血圧も似てゐるに父をうとみて暮らせし歳月

湖見ゆる田をば継がむといく歳を黙して父に従ひて来し

父在りし日のまま梁にさがりゐる投網幾張り長く手にせず

穂揃ひの稲田さわさわ渡る風父とあらがふことすでになき

畑隅に今年も緋木瓜かがよへり植ゑたる父の花を見ず逝く

納屋の戸を繰れば三つ四つ臍もてる縄あり父のひそめる如し

縄なひに父の用ひし出刃と水そのままありて忌明けの来たる

遺されし手縄もち来て茄子苗の支へを結へり父しのびつつ

野仕事をなべて教へてくれし父ふたたび稲の花見るはなき

鯉のあらひ鮒の煮付けを好みたる父なりわれも好むがかなし

父の使ひし釣具出で来ぬ浮子《うき》釣針《はり》に晩年の匂ひ残りてゐたる

湖魚たちの遡《のぼ》る季節よ岸辺より投網《あみ》うつなかに父いまさずや

土蔵より畚《もつこ》出で来ぬかたくなな父と米麦いく歳担ひき

神主を呼ばず坊さん頼みきて地鎮のお経あげてもらへり

地下足袋をはくときわれは勤め人より芯まで農夫になりし心地す

納屋に射す陽に照らさるるたも網に埃たまれり釣り長くせず

筑摩社の松喰虫に喰はれたる松倒さるる人倒るるがごと

人もかく松のごとく喰はれむか見えざる虫に侵されにつつ

伊吹嶺を頼りにはるばるヒシクヒを見たくて来たり三島ヶ池に

冬来れば冬の歌詠み魚見れば魚の歌詠み湖国に果てむか

少年兵の日より三四年目の夏に

「一人十殺」「十生報国」くる夜毎人にあらざる言を唱へし

吸ふ煙草なければ分隊長の部屋に入りホマレ盗みし事もありけり

若鷲よ少年兵よと呼ばれ来て敵撃つことをただに習ひき

国のため命捧げしこと言へば子は「何でや」
とすぐ問ひ返す

反抗期と言へど軍隊に子を送りし親の気持
のわかる歳かも

今もなほ戦友集ふ案内のしばしば来れど出
かけしはなし

歌論・エッセイ

千鳥と蝸牛

——慟哭の歌

わずか五年四ヶ月で灰燼に帰した大津京は、まことに悲運の都であった。周知の如く万葉集には、この荒れた都を詠んだ人麻呂の代表作である長歌（巻一・二九）と反歌（巻一・三〇、三一）、黒人の歌などがあるが、テーマ的には次の歌をあげたいのである。

柿本朝臣人麻呂の歌一首
淡海《あふみ》の海夕波千鳥汝《な》が鳴けば心もしのにいにしへ思ほゆ
（巻三・二六六）

右の歌が、その長歌や反歌と同じ時の作とすれば、持統三、四年（六八九、六九〇）頃と推定され、二十年足らず後ということになる。歌はたしかに近江の荒れた都とは、切りはなして考えられないし、都に近い湖辺、あるいは、唐崎あたりでの作ではないかと思われる。その時の人麻呂の気持がどんなものであったか。歌の構成にそれをみてみたい。

先ず、第一句の「淡海の海」は、「の」の省略によって呼格とし、感動の情を一段と強くしている。また、これをうける第二句の「夕波千鳥」は、二つの名詞を見事に一体化させて、ふたたび呼格としている。人麻呂の造語とはいえ、実に効果的である。これによって我々は目前に、周囲をとりまく紫の山々、南から北へと無限にひろがる湖、岸の芦群らをひたひたとうつさざ波、夕方のその波の上を、鳴きながら群れてとんでゆく千鳥、それらを思いうかべる。恐らく人麻呂のまなうらには、昔栄えた都や、湖上遊覧のさまが、あざやかに映っていただろう。然るに、今はその影すらもない。草が茫々としげっているのみである。都の興亡をつぶさに見てきた人麻呂の、この表現にこもるふかい懐古の情、もう湖辺に立って、この光景を見るだけで胸が迫り、涙がとめどなく流れてやまなかったのではないか。さらに、これを第三句の「汝が鳴けば」がうけて、「千鳥たちよ」、お前の鳴く声をきくと、その心底では昔きいた声に思いを馳せ、ああ、お前の声は昔と変らないのに、都はすでになにもないんだという哀感が、ここに秘められて、下句の「心もしのに」へとつながる。今はまぼろしの都、人麻呂はそのまぼろしのなかに自己をおいて、号泣よりもかなしい涙にくれたに違いない。

それから千三百余年——現実は大きく変った。湖上には橋がかかり、ヨットがうかぶ。湖辺にはビルが、都の跡には住宅が建ち並んでゆく。然し、この歌は万葉集のどの歌よりも、かなしみが強く我々の胸に伝わってくる。とりわけ近江人にはふかく刻まれて、永遠に忘れられることはないであろう。

次にあげたいのは、最近出た香川進の第九歌集『湖の歌』のなかの一首である。

しろがねの蝸牛の涙みるだにも妻に離れて山《やま》麓《すそ》に生く　香川　進

進が日本研磨KKの管財人として、近江の田上里にうつり、湖畔山麓の生活に入ったのは昭和四十七年七月であった。二間ほどの離れ座敷を借りた独居自炊の生活であった。時すでに六十三歳。それより先の昭和四十年前後、関西の豊中に住んだことはあるが、近江の生活は想像以上のものであった。湖畔山麓の空気は格別にいいが、暑さと寒さの差がひどく、老境に入らんとする進には、相当こたえたことだろう。だが、そのおかげでか、すぐれなかった健康が回復したという。また、禁酒もいくたびかしているが、今なお元気な顔を見せてくれるのは、あるいはこの山麓の生活が影響しているのではないかと思う。

さて、作品であるが、人間六十余歳になって、いくら命令でも東京に妻をおいて、離れ住むということは、本当に酷なことである。まして、子供もない、愛妻家の進にとっては、まさに地獄というほかない。人に言えない寂しさは、寝言に妻を呼び、夢の中で

昭和五十七年十二月二十六日に母は死んだ。年の瀬の雨が庭のやつ手にふりそそぐ夕方であった。父が亡くなってから三年八ヶ月、晩年はこもりがちな母であったが、やはり、亡くなるとさびしい。ひろびろとした冬田に立つと、つい母を呼んでみたくなった。

（角川「短歌」一九八五年三月号）

妻に会うしかなかった。この進の真の気持をいくたりの人が知り得ようか。生きているままの別れが、死別よりつらいことを進は身を以て体験したのである。故に作品を、「蝸牛の涙をみるだけでも、遠く離れている妻を思い出して、私は山麓に生きている」という妻を思う歌であると、簡単に片づけてはなるまい。湖畔山麓の独居生活がどんなものであったか。歌作に心を傾けたといっても、精神的な孤独と飢えはいやされなかったろう。即ち、この涙は蝸牛なんぞでなく、人知れず流した進の愛と寂寥の涙でなくて何であろう。私はこの歌の生まれた背景こそ大切であり、涙をさそう所以があると思う。と同時にこの一首をもってしても、『湖の歌』が単なる湖の歌でないことを、明確に証明しているといえる。

自作からは次の歌をあげておこう。

しろじろと霜おく冬田に出できたり誰もをらねば母呼びにけり

香川進と柊二

――宮柊二の世界

進と柊二のかかわりを外面的にとらえれば、同時代の歌人であり、新歌人集団のメンバーということになろうが、それでは他のメンバーと何ら変りがない。ふたりの関係は、そんな単純なものではすまされない。

進は明治四十三年、香川県の多度津町に、四男として生まれ、柊二は大正元年、新潟県の堀之内町に、長男として生まれている。進が二つ年上ということになる。然し、暖地の四国香川と、雪の多い新潟とでは、その風土は大きく異なる。又、四男と長男とでは、家庭の状況、期待も自らちがうであろう。例えば、昭和七、八年頃のふたりをみてみると、進はまだ神戸商大の学生であるのに対し、柊二は長岡中学を卒業後、単身上京していろんな職につくが、生活にも困っていたという。このように風土と環境、あるいは生活において、ふたりは全く異なる運命のもとに生まれ、育ってきたのである。作品の質のちがいは、この辺も大きく影響していると言えよう。

次に作歌の動機についてであるが、進の場合、略年譜（『鶸、冬の花』）では、「昭和四年十二月、嘉納とわ、米田雄郎を経て白日社に入社。前田夕暮に師事す」とある。一方、柊二の場合はどうか。略年譜（「短歌現代」62・4武田弘之編）によれば、「昭和四年五月、相馬御風の木蔭会に入会、月刊誌『木蔭歌集』に出詠しはじめる」とあるから、ほぼ同期より歌を始めたことになる。進は夕暮を師として、柊二は昭和八年に白秋を訪ね、白秋を師としている。ところが、進は自由律だから、その出発にも大きなちがいがある。夕暮と白秋の出会いはずっと古く、明治三十九年の「聚雲」の会にさかのぼる。もう一人ここにあげねばならないのは、進と柊二が共に戦後あつい恩顧にあずかったという釈迢空の存在である。つまり、ふたりは二重三重のつながりがあったと言えるのである。

こうした進と柊二の作歌に至る背景を概略のべてきたが、ふたりの交流が始まったのはいつからか。進の略年譜（前出）に、柊二の名が見えるのは、昭和二十三年である。七月に新会社東亜交易KKを創立し、銀座西七ノ五に事務所をおくが、そこへ新歌人集団の柊二、友一、誠夫、克巳、芳美らがたびたび訪ねてきたという。拙著『香川進の人と歌』の略年譜に、進自身が次のように加筆している。「が、むしろ、歌話会や清談会のほうに熱心であった」と。このことは「宮柊二を語る」座談会（「短歌現代」62・4）でも、進がはっきりとのべている。

わたしが宮柊二を知ったのは二十三年ですね。（中略）最初に会ったのは新歌人集団だと誰かが書いてありましたがそうではありません。その前において東京歌話会というのがありまして、大体戦後において歌人が会ったのは東京歌話会じゃないですか。それから帰りに喫茶店か、お互いに飲んべえですから飲んで、二十三年頃は何べんもわたしの家に彼は泊る、彼の家にもわたしが泊る、よく話し合いました。

これも進と柊二の親交の一端を示すものだろう。今一つ大切なことは、右の座談会にも出ていたが、『山西省』の会のことである。不思議と進の略年譜にも、柊二の略年譜にもない。だが、拙著（前出）略年譜に、再び進は「このころ」以後を加筆している。

二十四年、七月、白日社関西大会に出席。十月、寓居に釈迢空、前田夕暮をまねき、宮柊二『山西省』の会を開く。このころ釈迢空の発意により銀座の事務所に「日光」の会をひらく。迢空、善麿、夕暮他、多くの旧「日光」同人が集った

前田夕暮年譜（『評伝前田夕暮』）では、この「日光」の会が二十三年十月、「香川進に請われて」とある。『山西省』の会については、香川進の『対談歌人

の生涯』や、石本隆一の『白日の軌跡』にくわしい。

　ここで少しふれたいのは、迢空と柊二、迢空と進の関係である。『現代歌壇総覧』（短歌研究社）の宮柊二には、「21年『群鶏』を上梓したが、それに与えた迢空の評言に啓発され、爾後その誘掖にあずかった。その清談会にも毎回出席した。22年より新歌人集団、東京歌話会の会員」とある。その後迢空よりの数多い文章や励ましは周知の通りである。この清談会と東京歌話会で、ふたりはつねに会い、大いに飲み、語り合ったのである。では迢空と進はどうか。『現代歌壇総覧』（前出）の「夕暮系歌人の系譜」香川進には、「戦後迢空の門をくぐり」とあり、「迢空系歌人の系譜」に進の名がみえる。即ち、進と柊二は迢空を間にして、新歌人集団の他のメンバーとは、ちがった関係にあったのである。

　さて、作品についてであるが、はじめにのべたように、風土、環境、生活が大きく異った上に、自由律と定型のちがいがあった。又、同じように軍隊を経験しているが、中尉（中隊長）の進と、あえて一兵卒ですごした柊二では、ものの見方や感じ方に差があって当然である。こうしたもろもろのちがいが、やはり、作品の上に出ている。

　進の第一歌集『太陽のある風景』は、昭和十六年に出版されている。

　ハーサン湖の青い湖面をふりかへりふりかへり陣地をおりてきた
　独りしづかに沈みゆく日に黙したい、私のきままを兵よ、ゆるしてくれ

　進は自由律の作品であり、試行錯誤もあるので、自選歌集（『鶵、冬の花』）から割愛しようとしたというから、自分でもあまり評価していないのではなかろうか。柊二の第一歌集『群鶏』は、昭和二十一年に刊行され、歌壇に高い評価を得ている。

　夜に聴けば矢振《やぶる》間川《まがは》の川の音《と》の魚野川《うをののがは》に注ぐおときこゆ

日蔭より日の照る方に群鶏《むらどり》の数多き脚歩《あしあゆ》みてゆくも

自由律のやや気負ったかにみえる進の作品と、風土と現実のかなしみを負う柊二の作品との差をここにみる。進は昭和二十年第二歌集『構築』を編むが未刊。柊二の第二歌集『山西省』は、第三歌集『小紺珠』（昭和二十三年）のあと、昭和二十四年に出ている

おそらくは知らるるなけむ一兵《いっぺい》の生きの有様《ありざま》をまつぶさに遂《と》げむ
省境を幾たび越ゆる棉の実《み》の白さをあはれつくつく法師鳴けり

進の第三歌集『氷原』は少しおくれて、昭和二十七年に出版されている。

児がために求めしならむ風車老いたる兵の吹きほけてゐる
花もてる夏樹の上をああ「時」がじいんじいんと過ぎてゆくなり

一首一首の感想はさしひかえるが、柊二の『山西省』は「戦争文学」として世評に高いし、進の『氷原』は「これをもって歌壇に出た」と言われる位注目を浴びた。そして、昭和二十八年三月には「コスモス」が、五月には「地中海」が創刊されている。

戦後の生き方だが、進は企業人、経営者として、再三海外諸国をめぐり、六十余歳まで経済界に身をおいた。それに比し、柊二は一会社員として生き、早くも昭和三十五年、四十八歳で自ら退職している。この両者の生き方のちがいは、やはり、その後の作品や歌集の上にも反映していると言えるだろう。

夫々文学においては相容れないものをもちながら、人間的には相容れるものをもっていた。言い代えれば、作品の上ではよきライバルであり、人間としては互いに励まし合った真の友人ということになる。

柊二の人間、その信頼感が、今日の「コスモス」の中に生きていようし、進の大らかな人間的魅力が、今日の「地中海」を支えていよう。最後にのべておきたいのは、柊二の人と作品に関する評論や文章は、あまりにも多い。それに反し、「詩歌系」は夕暮も進も少ない。こう考えると柊二は、師にも弟子にも友人にも恵まれた、幸せな歌人であったと言える。

（角川「短歌」一九八七年一二月号）

不滅の光を放つ

――小議会・大正の歌集

「大正の歌集」を語るには明治末期の歌壇の動向を見てみる必要があろう。即ち、明治三十八年八月、尾上柴舟による車前草社が創立され、前田夕暮、若山牧水、正富汪洋、これに三木露風、有本芳水が加わっている。いわゆる「明星」との対立である。そして、明治四十年一月には夕暮が「向日葵」を創刊する。同人は前出の牧水、汪洋、芳水に内藤晨露、柴舟、金子薫園、土岐湖友、他に蒲原有明らの長詩の寄稿を得ている。明治四十三年三月には牧水が「創作」を創刊。同月夕暮が『収穫』を、四月には牧水が『別離』を出版する。ここに自然主義の〈牧水・夕暮時代〉と呼ばれる一時期がくる。さらに明治四十四年四月に入ると夕暮が「詩歌」を創刊する。主な同人は尾山秋人（篤二郎）、近藤元、富田砕花、狭山信乃、特別社友として広田楽、金子不泣、熊谷武雄、檜山傷鳥（楠田敏郎）、菊地野菊（知勇）、森園天涙、細井魚袋らで、直後に山田（今井）邦子、米田雄郎、矢代東村、田村飛鳥らが入社する。他に柴舟、牧水、土岐哀果らの寄稿を得ている。又、「詩歌」が近代詩人たちの詩の発表の場となっていたのも見逃せない。こうした歌壇の動きを背景にして、大正に入ると短歌史に残る名歌集が続々と出版される。その中から私の好みの十冊を年次的にあげてみると、一年佐佐木信綱『新月』、二年尾上柴舟『日記の端より』、北原白秋『桐の花』、斎藤茂吉『赤光』、三年前田夕暮『生くる日に』、四年熊谷武雄『野火』、五年田村飛鳥『鳴かぬ鳥』、六年米田雄郎『日没』、七年川田順『伎芸天』、十三年尾山篤二郎『処女歌集』となる。然し、これはその一部にすぎない。又、次に抄出する代表歌は誰しも知りつくし、愛誦してきたにちがいない。それ位「大正の歌集」は我々と密接な関係にあるといえよう。

ゆく秋の大和の国の薬師寺の塔の上なるひと
ひらの雲　佐佐木信綱

つけ捨てし野火の烟のあかあかと見えゆく頃
ぞ山は悲しき　尾上　柴舟

君かへす朝の舗石《しきいし》さくさくと雪よ林檎の香の
ごとくふれ　北原　白秋

死に近き母に添寝のしんしんと遠田のかはず
天にきこゆる　斎藤　茂吉

向日葵は金の油を身にあびてゆらりと高し日
のちひささよ　前田　夕暮

春の陽のあたたかきうねに種芋を一つ一つに
ならべ行くかな　熊谷　武雄

空のもとわが悲しみに一樹あり太陽《ひ》に青き実
の光るなりけり　田村　飛鳥

しづやかに輪廻生死の世なりけり春くる空の
かすみしてけり　米田　雄郎

寧楽へいざ伎芸天女のおん目見にながめあこ
がれ生き死なんかも　川田　順

あへばかく苦しきおもひするものを逢はずば

としもかなしかりけり　　　　尾山篤二郎

その他、土岐善麿の『不平なく』、有本芳水の『悲しき笛』、土屋文明の『ふゆくさ』、吉井勇の『祇園歌集』、白秋の『雲母集』などあげればきりがない。そして、大正十三年四月には「日光」が創刊される。主要同人は白秋、千樫、純、迢空、庄亮、順、善麿、夕暮ら三十名。その後、口語歌に関する展開となり、これが昭和初期の口語自由律短歌へとつながってゆく。ともあれ、大正の年月はきわめて短いが、短歌史的には重要な意味をもつ。それは本誌でも特集された数多い「大正の歌集」が、永遠に不滅の光を放っているからである。と共に昭和から平成へかけての短歌隆盛の起因と考えるからである。

（「短歌現代」一九九三年六月号）

米田雄郎『日没』

――『大正昭和の歌集』

雄郎は明治二十四年十一月一日奈良県磯城郡川西村に生まれた。同四十一年十八歳の頃より作歌を始め、四十四年四月「詩歌」が創刊されるや直ちに入社、前田夕暮に師事した。大正二年には上京、早稲田大学英文科に入学、夕暮に会った。その後大学を中退、歩兵として入隊、四年除隊。五年九月に大和常竜寺の住職となった。『日没』は翌六年に出た。雄郎には五冊の歌集があるが、その中で雄郎の代表歌を最も多く収めているのは、この第一歌集『日没』であろう。作品は大正二年から同六年（但し、入隊のためか、四年作はない）に至る三二八首が収載されている。年齢的には二十三歳から二十七歳。大正二年の作品は『収穫』や『別離』、あるいは『陰影』などの影響をうけ、都会的心情的でやや暗く、若き日の苦悩といったものを感じる。
然し、大正三年の「詩歌」第四巻四月号には〈金輪の入日の前に〉四五首を発表、これを契機に作品は大きく変る。又、大和へ帰ることによって、自己の短歌開眼をみたといってもよかろう。次のような作品がある。

しづやかに輪廻生死《しやうし》の世なりけり春くる空のかすみしてけり
ゆくところ真実なれば緑なす山あり川ありなつかしきかも
原に太陽《ひ》のおほきく赤く沈みゆけば濁悪《ぢよくあく》の身はもだされもすれ
おほきなる入日目にあり立枯れの原を黙してゆけどもゆけども

とても二十四歳の作とは思えない名歌調である。
夕暮はその序において、「君と良寛とどこかにその歌の姿に似てゐるところがあり、君の生活の一部が良寛の生活と似てゐるところがあります。……君が大和の僧院へ帰つてからの作に移ると殆ど別人の観がありますとのべ、素朴な本来の姿にかえって、歌が益々澄んできたことも記している。例えば大正五年には次のような作品がみられる。

日没の余光をあびて一群れの小鳥ぞ山にあつまるあはれ
十方世界春日あまねく照りわたり白木蓮の花ひらきけり
秋草を分けて山路をくだるさへかくも心は澄みくるものか

大和の山里の自然の風物、谷川、竹藪、寒村、山坂、村人、雪と風と空、木と鳥と蛙など、自然に抱かれた人間としての生活が、きわめて素直にうたわれている。夕暮はこれを「現代に於て稀にみる特異な姿」と言い、『日没』が市に出る時、必ずや君の歌に一種の驚きと喜びとを喚びさまされる人の多いことを信ずる」とも言った。本集推賞の言葉である。大正六年の作品を抄出しよう。

片照りの山に百合の根ほりにけり鶉のとほね
かそかなるかも
さ夜ふけて銭をかぞふる音寒しいたく悲しき
心にふれつ
一握の米をうけつつありがたくおしいたゞき
て涙ながすも

夕暮の没するまで行を共にすること四十年余、だが、その影響を全くうけなかった。唯作ることに徹して自らの世界を切り拓いてきた。「まんまるい」「すっぱだかの」「土くさい」「人なつかしい」「淋しがりやの」「放心無相の」和尚。『日没』にはすでにそうした人間雄郎の姿が浮き彫りにされている。

（『大正昭和の歌集』二〇〇五年七月短歌新聞社刊）

わが愛する歌10首

しづやかに輪廻生死の世なりけり春くる空の
かすみしてけり　米田　雄郎

有名になりたがる世のかたすみに鳴くこほろ
ぎを吾は聴きをり　中島　哀浪

潮ちかき菰にひそみてうごかざる鯰のごとく
生きられぬものか　香川　進

ゆすぶってやれゆすぶってやれ木だって人間
だって青い風が好きだ。　宮崎　信義

われにかくれてしのび泣きする声を聞く柩の
中に聞き居るごとく　引野　収

俗物めがと思はむとすれど詮なくて独りさび
しむ夕べなりけり　清水　房雄

つばらかに翡翠のひかり満ちわたるからまつ
林朝鳥のこゑ　三國　玲子

新しき辞書を買ひきて今日よりのたくましき
われの言葉を探す　　　　　　　富小路禎子
らんまんと湖西に低きさくらさき湖賊の裔も
馬も衰う　　　　　　　　　　　馬場あき子
みんないい子と眼を開《あ》き母はまた眠る茗荷の
花のやうな瞼閉ぢ　　　　　　　河野　裕子

「わが愛する歌」といえば、万葉集の人麿や額田王の歌が先ずうかんでくるが、今回は近現代の歌人の歌から選んだ。

雄郎にはいくつかの秀れた歌がある。その中で最も愛する作品だ。大正三年の「詩歌」第四巻四月号に発表されたもので、二十四歳の作であり、大正六年発行の第一歌集『日没』に収められている。非常に大らかなゆったりとした歌のなかに、人間の生死に及ぶふかさがある。又、春がきたという喜びすらある。昭和三十三年十一月、比叡山西塔にこの歌が第一歌碑として建設された。この歌無くして雄郎は語れない。

哀浪は昭和四十一年十月に永眠した。この作品は十七回忌に草市潤により『有名になりたがる世の反歌』として刊行された、その中に収められている。平成十八年「短歌」一月号の「最も衝撃を受けた歌」に、私はためらうことなくこの一首をあげた。哀浪は俗物主義横行の近代歌壇がゆるせなかったにちがいない。又、この「こほろぎ」は作者自身ともとれる。今もなお愛してやまない気骨ある作品である。

進と近江の関係はまことにふかい。先ず近江の蒲生に居た米田雄郎を経て白日社に入社した。その後度々近江へきているが、昭和四十七年より管財人として大津市田上里へ移り、湖辺山中の独居生活をする。後日近江における三部作『山麓にて』、『湖の歌』、『死について』を編む。この「菰」は「真菰」のことであり、「鯰」のようにとは世の雑音をはなれて自由気ままの意。近江の生活で健康回復して何よりだ。

信義の歌は「新短歌」創刊四十五年を記念して、彦根城内金亀公園に平成五年五月に建てられた歌碑の歌である。信義は彦根中学校の大先輩であり、雄郎の門をたたいた先進でもある。そうしたことで格別親しくしてもらった。歌碑には石選びから建設までかかわった。歌は木も人間も青い風が好きだという。だから「ゆすぶってやれ」とくり返し歌う。そこに作者の精神の若さがみられ、その大らかさが何ともいいのだ。

収の第五歌集『冷紅――そして冬』からの抄出。仰臥生活三十余年というから、妻の浜田陽子の看取りも大変だったと思われる。その毎日を死と直面しながら手鏡一つで情景をうたい、社会批判的作品も詠んだ。その一首一首は凄惨で我々の胸を射さずにはおかない。抄出の作品は妻が作者を思って泣いているのだろう。その声を聞くと本人は全く柩のなかで聞いているようだという。生きたまま死を意識した作品。

房雄の最新歌集『蹌踉途上吟』の一首。第十四歌集にして、「途の上のよろめき歌と申すべき」ときわめて謙虚である。そのきびしい態度は抄出作品にも充分うかがえよう。心のなかでは「なにをあの俗物めが」と思うけれども、仕方なく独りさびしがっている夕べであるという。俗物相手では話にもならぬということで、ここにも文明の意志がながれているると言える。こうしたいさぎよい房雄の歌をどれも愛する。

玲子の第七歌集『翡翠のひかり』は遺歌集である。昭和六十二年八月六十三歳で自裁した。その翌年二月夫君中里久雄の手で刊行された。縁あって私は歌誌「冬潮」に長い間「三國玲子の歌」を連載させてもらった。作品はつまびらかな美しくつややかなひかりが満ちわたっている。からまつ林に朝の鳥の声がするよと清浄な朝の情景を詠んでいる。すでに「きりぎしに臨む思ひ」を超えた作者の心境をいとおしむ。

禎子の第八歌集『芥子と孔雀』の一首。あとがきにあるように出版が著者の没後となったのはまことに残念である。新歌人会以来本人を始め、千代國一、畑和子、山本かね子など友人は数多い。近江へもいく度か出かけてきた。作品は「午前四時の火」の中にあり、火災によって辞書も焼けてしまったので、新しい辞書を求めて今日からたくましい自分の言葉を探すという。作歌への決意とそのいさぎよさが好きだ。

あき子の歌は『雪鬼華麗』からの抄出。「湖春の椿」一連があり、湖西の作品十余首がみえる。「湖賊」というのは堅田衆のことだろう。その末裔たちも衰えてしまった。そして、「馬」は当時人を乗せる、荷を運ぶのに欠かせなかったが、今ではそれも不用になってしまった。むかしを思いうかべての作品だろうが、今らんまんと咲く湖辺のさくらをみて、湖西への愛着をたしかめている。その美的世界がいい。

裕子の歌は世評に高い『母系』の一首。著者はあとがきで、「母という生命の本源は、歌人としても、ひとりの女性の思いとしても、わたしの最も大きなテーマであった」。死に近い母を見舞に行った時の作品。上句の「みんないい子」と言ってまた眠る母、そして、「茗荷の花」のような瞼を閉じというのが印象的であり、新鮮な比喩である。この「母系」一連は本集の主体であり、悔悟と思える心が美しく強い。

（「短歌現代」二〇一〇年二月号）

解説

土着無名の歌

河野裕子

いつからか私の意識の中には、小西久二郎イコール琵琶湖の歌、という図式ができている。この図式は、氏と同じ好日社の、故犬飼志げのや、中野照子にもあてはまる。しかし小西久二郎の湖の歌は、この二女流の歌とは、決定的にちがう。何がどのようにちがうのか、二、三例をあげて眺めてみよう。

湖の如きこの夜の庭にわが希ふ死よ逢ひてよりいくばくもなき　　犬飼志げの

相思の骨しろく渚にただよふとみてあればひらひらとわれの扇ぞ

ここで歌われている湖は、実景としての湖ではない。一首の上からは、作者と湖の位置関係は、必ずしも明確ではないのである。死を希うような相聞の情にぼかしをかけるために、湖や渚が歌われているといった趣きである。犬飼志げのは、生涯憑かれたように雪を歌い続け、どのように激しい相聞の時も、決してなまぐさく歌わない、歌えない素質をもった人であった。だから彼女の歌う湖には、情念のふかい、はるかなところから時空を隔てて眺めるような、この世ばなれしたところがあった。

中野照子の歌の場合はどうだろう。第一歌集『湖底』からひく。

灯を連ね夜行列車がゆく湖岸はかなむことも今はあらぬに

湖《うみ》見ゆる坂の中ほど立ち止まり頬はさみくるてのひら熱し

犬飼志げのよりよほど現実の湖をよく見ているが、(それだけ湖を構図的に眺めることが可能である)湖はやはり、相聞の味つけ的役わりを色濃くにじませているといえよう。

女流二人の歌をあげたので、好日からもう一人。同じく近江の歌人坂上禎孝の『底辺』から。

わが湖《うみ》への道断たれたり踏切を轟きゆきて貨車けものめく
悔恨のひとつが湖に溶けゆきてあおあおと昏し終焉の刻

坂上の場合、その時々の心象を、湖を模して歌う、といった方法が顕著である。先の二女流の歌を見てきた後に、『底辺』の湖の歌を読むと、それがより徹底したものであることがわかる。

さて、小西久二郎の琵琶湖の歌である。氏の湖の歌は、異郷にあって、湖を歌う歌ではない。又、湖を過ぎてゆく者の歌う湖の歌でもない。彼の湖の歌には、土の匂いがある。土であり、血であり、彼自身であるような、湖は、彼にとって必要不可欠絶対でなければならない何かがある。先の三氏の歌にとって、湖でなくとも、それは沼や泉や川であっても表現可能な余裕のようなものがあった。湖は、魂を反照するものとして、一首に作用していたからである。

『続 湖の挽歌』五三七首は、ことごとく琵琶湖の光と影を意識しないで作られたものはないのではないか、と私は思う。湖の光と影、それはとりもなおさず、近江の風土の光と影のことである。そして、風土と土着。

湖の向かふ比良の暮雪の見ゆる野にひねもす妻とつくる苗代
ささ波の湖辺に蛭のごとく生き祖の手形も足形も見ぬ
河はらに稚鮎のぼり来花よりも魚のうごきで疾《と》く春を知る

まぎれもない土着の歌だ。先にあげた三氏の歌にはなかった、生活実感がある。三人とも、どちらかといえば、才と知に賭けてことばを研ぎ、湖を歌の中に効果的に配置するための工夫をしている。つまり、湖より自分自身の内面を大切とした歌い方だといえよう。

小西久二郎の歌は、派手ではない。キラリとした閃きや、心理の陰翳のくぐもりといったものには無縁の歌柄なのだ。氏の歌う近江の風土は、湖は、自然のうつりゆき、その循環の自然さそのままであって、凸凹もなければ、事件も変化もない。（変化があるとするなら、それは人の生死のことなのだが、人の生死のことほど、自然な、あたりまえなことがあろうか）それは、何百年もの昔から、この近江に土着している先祖代々同じ気候風土の中に生き、毎日同じ風景を眺め、同じようなものを食べて生き継いで来た人間の生活感覚そのものなのであろう。

私は『続 湖の挽歌』の中から、これという一首、きわめつきの秀歌を選び、語らねばと思い、なんどか読みかえしてみたが、これと特定できる歌を見つけ出すことは、むつかしかった。いってみれば、こんなに淡々とした身辺の日常を叙しただけの変化に乏しい歌集もまた珍しいのである。

しかし、このことは、小西久二郎の歌の評価を低くするものではあるまい。あるいは、ここに小西久二郎の、現代短歌における、稀有な素質がある、ということもまた可能な一面がある、と私は考える。おそらく小西久二郎は、屹立したただ一首の歌を作るために歌を作っているのではあるまい。彼は、彼が生活しているように、そのように、歌を作る。近江土着の、平凡な農民である彼自身のように。際だった才質や、突出した個性で自己を主張した歌などは、彼にはひとごとでしかないのであろう。無名性に徹するということ、ここに彼のやむにやまれない必然と、自恃があるのではないか。

この歌集には、一本の勁いたて糸が通っていて、それはくり返しひとつのことだけを主張している。

手鞠より浮かぶ祖母の香子守唄負はれし祖母の背広きかな

祖《おや》たちが腹ぐすりとぞ言ひ来たる鮒鮨今年も
食べ初めむとす
電気にて育苗する家多きなかわが家は今も苗
代つくる

これらの歌のモチーフは、土と湖と共に生き継いで来た者の、ぬきさしがたい土着意識である。それゆえに、氏は殊さらに、電気による育苗を否む歌を作るのである。不如意だと言いたいのではない。伝えられ、継いで来たように、近江の風土の中で生きることへの比類ない矜恃と執着がそこにある。

地下足袋をはくときわれは勤め人より芯まで
農夫になりし心地す
冬来れば冬の歌詠み魚見れば魚の歌詠み湖国
に果てむか

このように歌う人間にとって、湖が個的な心象や、詩的風景としての構図を持たないのは、当然のことである。琵琶湖と近江の風土は、小西久二郎の身体と分かちがたいものであるがゆえに、外的風景としてこれを見ることは、むしろ困難なのだともいえよう。彼は、小西久二郎という個人、個性を歌うよりも、先祖たちや、身めぐりの農民たちの中に溶け入った自分、普遍的な無名の近江人としての人間を歌いたいのであろう。このように氏の歌を読む時、きわめつきの一首をもたないことは、むしろ誇りであろうかもしれないのである。小西久二郎の歌は、近江平野のようでもあり、湖のようでもあり、はじめも終りも、裂け目も、突起もなく、ただそこに在ってこそ彼にとっては本然なのであろうから。

名もなさず財もなさずに終りたる父の一生《ひとよ》を
むしろ誇らむ

（「好日」一九八四年九月号）

随縁記

——『続 湖《うみ》の挽歌』をめぐって

香川 進

ひたすらに手縄なふ父なに思ひ今日もこもりて縄なひをらむ

老い父が執念のごとなふ縄のどこにも売れねば納屋に転がる

鋤掛けに鋤鍬掛けに鍬父の世はつねに光りて掛けられてゐし

よろこびて報恩講に参りたる父昼までは縄なひゐたり

兄弟が棺担ぎゆくそのために男四人育てしならねど

人に聞く父恋峠のありしかば訪ねてひとり泣きたきものを

名もなさず財もなさずに終りたる父の一生《ひとよ》をむしろ誇らむ

父在りし日のまま簗にさがりゐる投網幾張り長く手にせず

納屋の戸を繰れば三つ四つ臍もてる縄あり父のひそめる如し

鯉のあらひ鮒の煮付けを好みたる父なりわれも好むがかなし

家族らに疎まれ生くるを知らぬ父を疎む一人のわれが哀しむ

一町余の田を耕して来し祖らその一反に果樹を植ゑけり

一巻を読みとおし、最もこころをひかれたのは、死のまえ数年のあいだの父をうたった作品であった。さいしょに彼の父にあったのは、古い農家を継ぐ彼の家に、いまは用いなくなった農具を見にゆき納屋を出ようとしたとき、出口をちょっとはいったところの土間で縄をなっている姿であった。わたしは何かと挨拶したが、返事はかえってこず、縄なう手を止めることもなかった。その後わたしは近江の山中に独居自炊の日日を送るようになり、彼や伊藤雪雄、志連政三、また松尾とみ、山村金三郎の案内で近江萬葉集の旅に熱中し、小西家をたびたび訪れたので、久二郎とわたしとのあいだの合言葉「父の縄ない」の姿に接することが多くなった。わたしは山中独居自炊の生活で、人生の摂理にアプローチしたり、いにしえの賢人のように俗世を超越しようなどという大それたことは、ゆめ考えていなかったから、年月を経るにつれ、自分がいかに心弱く卑少な存在であるかを、いやおうなく知らされはじめた時期のことであった。「縄ないの父」の姿、いやその心情から、とてつもない近代性を感じたのであった。——孤独で、無欲で、あくまで自己をまもり、黙黙としてひとりぼっち。これが近代人晩年の至高の到達点ではないか。わたしは久二郎に言った。「これを歌え」「そして守れ」、——久二郎は「うん」とうなづき、「母や女房は?」とたずねる。「二人ともわたしに湖魚をもてなすため、いつも台所でいるので、よくわからぬ。夫人はまだ五十年も生きるだろうし、母堂もあと十年や二十年は生きるだろう」、——しかし久二郎の母も、亡き夫を追うようにして、この世を去ってゆく。そして亡き母の歌。

蚊の如き声にて母の何か言ふわが判らねど妻にわかるも

年末の二十六日に死す母よわれは泣かねど泣き伏すうから

死に給ふ母の両手に数珠とりて持たさむとするに爪やや長し

今際《いまは》まで母の喜びし電気毛布今日よりわれの使はむとする

床の間の遺影は元気な母にして来る人はみなうるはしと言ふ

村一番田植上手と言はれ来し母が田植のさま鮮しき

田を守りわれら五人を育て来て母は仕事のなきをなげける

内職の僅かな代金うけとりていただく母よ長

生きすなよ
死にたくば死んだらいいと母に言ふ我に言ふなと合図する妻
歩けよと母に求めし乳母車向き変りゐて歩みしを知る

そして、妻の歌もここにひいておこう。

理髪にもゆけざる父の髪刈ると新しきバリカン妻の買ひ来る
長らくを無花果食はざり籾摺りのあひにとりきて妻の食はしむ
年ごとに湖北の紅葉見にゆかむと汝に言ひつつ未だ果たさず
軒端に高く積まれし籾袋いかにして妻の積みあげたるや
隣り家がコンバイン買へばわが家もと求めて妻の動かす哀れ
苗代の土を作るはわづらはしと妻言ひ出でて土を求め来
苗代を作るに懲りし妻なれや来年は育苗器買ひくれと言ふ
獲りきたりし鯰から揚げに妻すれど子らの喰はざり我独り喰ふ

長塚節の『土』が出たのは明治四十三年だから、今から七十余年前、わたしがこれを読んだのは昭和七年で、いまから五十年ほどまえ。さいしょの小説を発表した年であった。学友がほめてくれたのでやや得意になり、当時すでに小説で名をなしていた同宿の先輩に見てもらった。夭折の天才的な先輩、弁証法や史的唯物論にかぶれた小説を作るまえに、先ずこれを読んでからにしたがよい、とわたしの机上に置いていったのが節の『土』であった。美しい本なので読みすすんだけれど、面白くはなかった。がしかし、短歌か小説かになやんでいたわたしにとり、短歌がゆきつまったとき、いつも想記するのが節の『土』である。そして小西久二郎の『続 湖の挽歌』

がわたしにおもいおこさせてくれるのが名作『土』である。その理由は、わたしがいまここに挙げた久二郎の歌、三十首を読んでいただければ解ってくれるであろう。

そしてもうひとつ想うことは、もしも久二郎と共通の短歌の指導者米田雄郎の存在がなかったならば、わたしは下手な、横好きの小説家になりはてていたかもしれないことである。すこしじぶんのことを書きすぎて気恥ずかしいが、——歌集『続 湖《うみ》の挽歌』の批評でありながら、わたしは「挽歌」のほうばかりについて書いた。もうひとつの主題である「湖」については、わたしじしんの歌集『湖の歌』が印刷中であるので、ライバル久二郎の湖水の歌については、多くの秀作を認識しながら、本稿ではさしひかえさしていただきたいとおもう。

短歌は作者のこころを物に仮託して表現するものであり、この期においてわたしは久二郎の歌の未来について、云為する気はない。ただ彼は彦根の城や、信長、三成の城跡を周囲にめぐらし、長浜縮緬の機《はた》場《ば》やそのほか、おなじ近江でも湖東彦根にうまれ育った歌人ならではの環境に恵まれているのだから、彼のこころの展開に応じての対象のひろがりは、無限であることを言っておきたい。しかし、それも「湖」とのつながりにおいて、——

（「好日」一九八四年九月号）

『湖《うみ》に墓標を』を読む

玉城　徹

おそろしく正直な歌である。それが嬉しかった。心にもないようなことは一つも歌っていないのである。そういう歌集が最近は、ほとんど見当らなくなっているから、珍しく読みごたえのある一冊として、楽しみながら幾たびも開いて読んだ。小西氏はどういう作者だろうなどと、あらためて考えたりもした。

はるばると雪の余呉まで出で来たり飲んで騒げりそれだけのこと

どうも良いな。その通りに違いなかろうが、「その通り」というのが、なかなか簡単ではないような気がする。それは、従来「ありのまま」という言葉で言われてきたのとは、根本的に違ったことである。「ありのまま」というのは「写す」ことだが、「その通り」は写すことではない。持って回らずに、事実を事実として認識して、その通りに言ってのけることなのだ。そこに〈現代〉があるのだと、わたしには思える。

彦根から余呉まで、どれくらい掛かるのか、わたしは知らない。そんなに遠くはあるまいが、それでもやはり、「はるばると」に実感が籠っているのだ。それは「出で来たり」で補われている。何の必要があって、こんなところまで来たのか分らない。そんな計画になって小宴会をやったのだろう。「飲んで騒げりそれだけのこと」は、事実だったろう。この事実を、そのままに投出すことを、誰が今までにやっているか。そこが、わたしには、面白いのだ。

それを〈現代の虚妄〉の一断面と考える人もあるだろうが、〈虚妄〉と名づけるところからは、何もおこって来ないように、わたしは思う。感傷的になる必要は、いささかもない。「それだけのこと」が「それだけのこと」で済む簡明さを、むしろ味わうべきではないか。興深く感ぜられるのは、この現代風の空騒ぎに対して、かえって、「雪の余呉」が、しんかんとして存在するのが思われることである。

野の果てに祖らの日毎に見し湖の白くかすめり比良山のもと
しろじろと朝凪ぐ湖に鳰は鳰鴨は鴨らの群れなしあそぶ

琵琶湖の風光は、言うまでもなく、作者が永年にわたって、日毎に親しんできたものである。それは一般的に言えば、作歌の上には、良い条件とは言えないだろう。どうしても馴れを生じてしまう。見方が型に陥りやすいのである。小西さんの歌には、不思議と言っていいほど、それが見えない。手擦れのしない、しっかりした線で、風景が把握されているのである。

心の新鮮を保つ術を、作者が心得ているからだと言ってしまえば、なるほど、その通りだろうが、そんな一般的観念による説明は何の足しにもならないのだ。具体的に、作品の性質を観察してみなければ、何も分らないだろう。

「野の果てに祖らの日毎に見し湖」というのは、小西さんの場合、正直な事実であって、空言をすこしも含んではいない。「日毎に見し」は、自分が「日毎に見る」ごとくにの意であるが、そういうことは、えてして主観的感傷に終り易いものである。小西さんの歌は、そこに溺れこんでゆかない。「湖の白くかすめり比良山のもと」には、即物的と言ってもよいほど骨太の観取法がある。そこに、わたしは感心しないわけにはゆかなかった。物質としての湖が、そこにはある。

次の一首にしても、同じである。「鳰は鳰鴨は鴨」で群れをなしているのは、通常見るところであるが、それをそのように言うことは、やはり、一種の覚悟を要するのである。それは、描写的な興味や処理法を脱して、客観世界に正面からぶつかってゆく気迫を示している。

そういう態度を、ただ個人の修養によるものとするわけにはゆかない。そこには、一つの伝統の力がはたらいていると見なければならないだろう。その伝統は、前田夕暮のものだと、わたしは、考えてゆこうとする。それが、小西氏の背骨になっている。夕暮の仕事について論ずるのが、本筋だろうが、ここでは、その余裕がないようである。きわめて大まかな要約で満足しなければならない。それは、世界を物質から成るものとして観ることによって、概念から脱した、新鮮な驚異を次々に発掘する方法である。「天然更新」とは、要するに、そのことである。それは、その時代の科学の発展と対応するものだったという一言を付加しておくことは、多分、許されてよいかと思う。

わが生れし頃のものかと夕暮の自由律の歌載
る「詩歌」繰る

小西氏は、この点について言葉少なではあるが、少くともこの一首があることは、夕暮の伝統に対して、意識的に心を潜めていることを物語るものである。小西氏が、現代歌壇の流行に対して、いたずらに右顧左眄しないで、自分の道を歩むことができるのも、そこに肚を据えているからだと、言って差支えがなかろう。伝統に根ざすことは、個人を越えた大きな力である。

退職金もらひし中より仏壇の洗濯せむを妻と
決めるも

はるばると野洲の川原にこの年も来たりて鰣《はす》
を獲らむ投網《あみ》うつ

不漁てふ魦《いさざ》を湖北にもとめ来ていち早く妻の
豆と炊けるも

いっぷくの時は川土手歩みゆく魚のすがたの
見ゆるまでゆく

はらみたる雌鮒をにぎるわれの手に黄なる卵
の冷たく伝ふ

素足にて歩き田蜂に刺されたり足刺さるるは

幾とせぶりか
少林寺地廻り観音の御詠歌に「仏をば外に求めず」とあり
雪晴れの湖の深みに鮒たちはしづかに尾鰭ふりゐむ頃か
鮒鮨の鮒を獲らむともんどり網さがし求むる釣具店に来て
ニゴロ鮒減りゆく聞けばゲンゴロウ鮒獲りて今年も鮨に漬けむか

　これらの歌を、わたしは大切に思って、ここに記しとどめるのである。単なる地方色などと思ったのでは、大きな誤りを犯すことになろう。そんなものではない。もっと原型的な、人間と自然との交流のかたちが、ここにはある。その交流は、文人たちの精神化されたそれではない。あくまでも、具体的な生きた労働を通した交流である。ニゴロ鮒が減ってゆくという話を聞いて、ゲンゴロウ鮒で鮒鮨を漬けようという心は、わたしたちの忘れて久しいものである。それは、近代の商品生産以前の人間労働の在り方を、わたしたちに思い出させて呉れる。それも、もはや滅びるより仕方がないか。作者が、集の名に「墓標を」という文字を入れた心もちは、わたしにも伝ってくる。ただ単に湖の自然的生命が涸れてゆくというエコロジストの嘆きを、作者は訴えているわけではない。湖と自分たちとの生きた関係が次第に失われてゆく時代を、作者は生きているのである。

　こんな具合に一首一首について感想を述べてゆくと、キリのないことになりそうである。わたしとしては、読者が、そういう問題を、読み解くだけの力を保持していて呉れることを願うにとどめておかなければならないだろう。それが望めるかどうかは、微妙なところである。現代の歌壇には、余りにも消費的な歌が氾濫しすぎている。それだけではない。それが、あたかも時流の先端をゆくもので、そこに進歩があると言うごとき、居直り的言説すら現われる始末である。地方歌壇においてまで、その真似ごとをした薄っぺらな饒舌体が人気を博しているのだ。

そのように事を運んでゆこうとする演出家がいるらしい。

小西さんの歌は、わたしたちに、日本人の本源的なあり方——古今和歌集には「もとの心」と歌われている——を想起させる力をもっている。一首目の「洗濯」は「せんだく」と読むのであろう。この漢字を宛てるのが正しいかどうか分らない。今の言葉で言えば、「新調」の意である。江戸時代までは、ごく普通に使われていた言葉だが、今では、わずかにあちこちに残っているばかりである。これを「新調」に替えてしまっては、「もとの心」は汲みがたくなってしまうかと思われる。

退職金という近代的制度による給付をもって、仏壇を「せんだく」しようというのである。それは、仏教の信仰心などというより、も少し古い層に属する心の発露である。それは一見約束事のような何気ない形でやってくるが、実は一世一代の抜き差しのならぬ事業なのだ。いのちからいのちへと火を継いでゆく道のりの中での、それは、一里塚だとも言えよう。

わたしは、この歌集が、今の世に出色のものだというような、通り一ぺんの賛辞を呈したいとは思わない。それこそ歌壇的な厭うべき採点癖である。そんなことより、この歌集が、もっと深い反省にわたしたちを導くための道標たるべき点に、読者の注意をうながしておきたく思う。

（「好日」一九九〇年一〇月号）

滅びたる魚達への挽歌
——『還らざる湖《うみ》』評

岩田　正

一歳の孫が口開け小鮎食ふたのもしきかな小魚を食ふは

一見この歌さして変哲もない歌にみえる。いやもしもうすこしの注釈を必要とする人があれば、それは一歳の乳児が、魚を食べたということで、作者は驚き喜んでこの歌を作ったと言うかもしれない。それはある程度あたっている。しかし不充分である。作者は実はそれが川で捕れる小さな魚であったからこそ、この一首を生んだのである。一歳の乳児が、自分が生涯にわたって馴れ親しんで来、自分自身の生命の一端のごとく愛《め》でてきた、さまざまな魚、その（一般的にはなまぐさいと思われる）魚を喜んで食べた。そこに作者の大きな感動があった。

こういう歌は、しかし歌集の中に置いてのみ、その流れの中においてのみ、深い意味をもつ歌かもしれない。たしかにそうで、この一首は歌集の中におくと、そういう深よみをだれにも十分させる力をもっていると思う。

寒鰤の刺身のあとはあら汁と父在りし日はよく啜りしが

木枯しの吹けば思ほゆビハ鱒の遡《のぼ》ると父言ひ捕りにゆきしを

湖《うみ》を詠め湖をうたへと吾《あ》にいふは姿を見せぬなにものの声

諸子捕り鮒捕り湖の汚れなど知らずに逝きし父よわが父

ここには湖に魚達に馴染んできた作者が、父をはじめ自然の環境によって、自分自身の中に培われた湖と魚達との生活の、そのかかわりの端緒というか、原点といったものが歌われているのをみる。

この年の稚魚の育ちのややよきと聞きたる日よりひとり安らぐ
わがうちの湖にはモロコ、ワタカ、鮒沢山ゐるぞ尾鰭をふりて
まなぶたを閉づればきこゆる波の音神の声とも魚の声とも
小魚らの還りくるべし野の川に捕りし鯰の顔のうかび来

ところが右の歌を見てみよう。全体なんとなく消極的である。「ひとり安らぐ」と言っているが、そして「ひとり」と限定しているごとく、その抒情はあんまり弾んでいない。もう現実の水の中にはモロコやワタカは、そんなに沢山いないのであろう。作者は「わがうちの」とか「まなぶたを閉づれば」という形で、つまり心象の世界の中で、そのありし頃の魚達の元気なさまを、思い浮べているにすぎないのだ。

裏をかえせば、作者にどんなに往時の魚達の活潑さを思わせる、具体的な動きがあっても、それは自分の空想の世界、自分の回想の世界にのみ具現するものにほかならない。作者のあるつかのまのと言ってよい程の喜びはあわれを伴わずにはいない。

湖に魚に活力のあった父の時代から、次第次第に、湖は汚染され魚は減少してゆくというところに、現在の作者の場がある。魚というもの、湖というものに、その生活と、生きる力をたのんできた作者の、ある意味での滅びの美学、ひとつ生が衰退にむかう、滅びの美学を私はここによみとるのである。

そういう渦中で生れた哀しみ濃い歌に、作者の歌の本領があるであろう。

いくたりが魚の泪を見しありやにんげんよりもかく清しきを
河原に残りし鰣《はす》の泳ぎをりいくばくの命知れるまなこぞ
還らざる湖に雨ふるいたはれるごとく鎮むる

ごとく雨ふる

湖の面の和らぎ春を告げをれどイサザ消えたる哀しみ去らぬ

滅びゆく魚、人間達より過小評価されている魚の悲しみは、即、作者の悲しみにほかならない。それはある魚が突発的にいなくなったから、ある川や湖水が汚染されたから、という一つの現象面からくる、作者の悲しみや心配なぞという一時的なもの、一過性的なものとは全く違う。ましてや世間だれもが、川魚の減少を嘆き、川や湖水の汚れを嘆く、といった遠いかかわりのあるような、口吻とも決定的に違う。

それは作者の全生活的なものであり、うたびととしての自らの理念によって、構築されつつある美学への、大きな阻害者として、この湖や魚のほろびがたちはだかっているのである。なおここで余事ながら、つけ加えておけば、作者の関心の対象は、必ずしも魚ばかりではなく、たとえば〈人間のがぶがぶ水を飲みをれば菊にもたつぷり水やり給へ〉の歌のように、生きているものにむけられているところに、大きなよき特色がある。

遂にしてブラックバスの吉野川に入るを写せり見つつ寂しき

数多き鮎の死告ぐるアナウンサーの平然とゐる様に苛立つ

対岸の堤防切れし速報を幸ひとして眠りにつかむ

臘梅は雪舞ふなかに咲いてをり人は温き部屋にテレビ見てをり

そういう作者の大きな愛というか、魚達に対する一種の執念は、鮎の死を平然と告げるアナウンサーにいらだったり、飽食の人間達を襲う堤防決壊を快としたりする、いわば多少の人間性のゆがみのようなものをも伴う要素も含んでいる。これはまちがっているか。いやそう判断する前に、この作者がいかに湖を川を小魚たちを愛しているか、それをまず想起すべきことだ。そして次に、こういう大袈裟に言えば、カタストロフィを快とする人間の気分の中に、悪意でもってそれを望む精神状態と、善意のゆえにそれを望むという相反する二つの要因がある。そしてむろん作者のそれは後者に属する。

そして私は、ここまで作者が追いこまれた立場にあることを、むしろ是認したい。ゆえに作者の魚への愛、それを阻害するものへの怒りは理解できる。理解させるものは、作者の湖の魚との生活の歴史である。

なれ鮨にせむとて捕りし鮒あまた殺生をまた今年もしたり
殺生をするなといふも魚を捕る血をわれ父より継ぎていく年

作者は頰被りしないで本音を歌った。私はこうまで歌はなくとも、作者の湖への魚へのやさしい心遣いは、なんのそこなわれることはないと思っている。変な弁明になるが、魚には人間のような意識や自覚もなく、また片身削がれても泳げるほどの器官をもち、神経は微弱で、苦痛はほとんど感じない、と私は思っている。作者は当然先刻ご承知のこと。

しかし私の義父、つまり女房の父は、九十歳で亡くなるまで川で鮒を釣った。ヘラ鮒が得意で、魚籠を下げたり、格好をつけたりしない。汚い服を着、バケツを下げてゆく。もっとも釣れて釣れてバケツでなければ、ヘラ鮒はおさまらない。大きな握り飯を二個腰に下げる。一個は食い一個は魚にやる。つまり魚は仲間だからである。

作者は魚を捕りそれを食べ、そして魚を憐れんでいる。作者と小魚の歴史と生活と歌はそのゆえに、十分価値あるものと言えるのではないか。

（「好日」一九九六年一〇月号）

わがうちの湖《うみ》に向かって
――『還らざる湖《うみ》』

北沢郁子

『還らざる湖』は『湖に墓標を』（平成二年刊）に続く第五歌集ということで、平成二年より同五年までの四五五首を収める。

「前歌集に於いて『湖に墓標を』としか言いようがなかったが、本集に置いてもまた題名のごとく『還らざる湖』としか言いえなかった」と「あとがき」に言う。また「自然は次々に破壊されてゆく。湖水の汚れも徐々に増してゆく。かくして昔のような湖になることは絶対にない。又絶えてしまった湖魚が蘇ってくることもない。さみしい限りだ。従って近江に生をうけたものとして私は湖の鎮魂のためにも湖や湖魚をうたわねばならない。それが責務のように思われるからである。」と言う。思わず「あとがき」の主要部分のほぼ全文を引いてしまったが、これによって本書のテーマは明らかである。

自然破壊や水質汚染により、昔のような清らかな湖はもう失われてしまったのだろう。

私も湖東、湖北から竹生島まで二度尋ねているが、それはもう二十年も昔のことで、あの長閑やかで広々とした湖岸の農村風景は、もう失われてしまったのだろうか。村のお堂のなかに丁重に十一面観音をお守りしていた素朴な村人たちはもういないというのだろうか。

湖水の水質の生活用水による汚染が伝えられて久しい。湖岸の葦群れも枯れ果て、湖魚の生態にも異変が生じているという。近年、住民の意識の高まりにより、生活運動も起こって、次第に改善されつつあるようにも聞くが、それは恐らくはよく知らぬ者の楽観論であって、著者のように「昔のような湖になることはもう絶対にない」と言いきるのは、父祖代々、大いなる琵琶湖を知悉しているからであろう。そこによって生きてきた近江人の愛惜なのだ。そこで「昔のような湖になることは絶対にない」が余所人にはわからない悲しみをもって響いてくるのだと思う。
　とは言うものの今からでも浄化に努力すれば、絶えてしまった湖魚の蘇らないとも限らない。昔に還らなくても、浄化に人間の知恵の限りを尽くして欲しいものと思う。
　さて、本書の主題としてまず一番に目につく「湖、湖魚」についての作を上げて見る。

数多き鮎の死告ぐるアナウンサーの平然とゐる様に苛立つ
花びらのただよふごとく川にある小鮎の屍を黙し見てをり
湖と言はず父祖らはうみと呼びかく耕してみな果てゆきし
オヒカハの腹の紋こそかなしけれ魚捕る血を継ぐ父恋の歌
還らざる湖に雨ふるいたはれるごとく鎮むるごとく雨ふる

三月二十日彼岸に入りしこの日より子持鮒捕るもんどり掛けて
湖の面の和らぎ春を告げをれどイササ消えたる悲しみ去らぬ

　ここには死んでゆく湖に対する哀悼が歌われているが、その湖はすなわち父祖であることが感じとれる。湖岸の沃野を耕し、湖の恩恵としての湖魚をいただき、慎ましく暮らしてきた湖岸の人々の血を、作者は大切に抱いているのである。「殺生」と言いながらも彼岸の入りの日に「子持鮒を捕るもんどり」を仕掛ける。内部矛盾と思えるものも、こうして生きてきた「父の血」として、作者の内部に抜き難くあるこの悲しみ、生きることの哀しみとして見れば、『還らざる湖』への理解を容易にするものと思われる。

四五匹の寒鮒飼ひてその刺身喰ひたき夕べに料理してをり
実山椒ときざみ生姜を入れて炊きし子鮎の未

だ温きを食べをり
自らが捕りたる鮒を自らが鮨にして食ふ味たしかめつつ
比良山も伊吹の山にも雪来る妻よ漬物もう漬けたるか
佃煮の湖魚のなかよりイサザ消ゆそのわけを問ふ人のあらなく

作者はかなり食にこだわる人のように見える。どれもが思わず食べたくなるように、おいしそうである。漁を本業としているわけではないのに、本格的な漁法を行うらしいのは、廃れゆく漁法に執着しているのだろう。本集に現れる湖魚は鮒、鯉、鮎などをはじめとして、十数種に及ぶが、作者はそれを愛することは並々ならず、衰退してゆく生息状態に心をいためながらも、生きながら料ったりするのである。「虫捕るも魚を捕るも殺生か殺生せずにわれ生きられぬ」その矛盾は父祖の血にあわせて、近江に生を受けた人の、ふるさと近江に対する愛情のたかまりというべきものであろう。

掘り来る慈姑を先づは遠き娘に送らむといふ妻にうなづく
畦草の茂るに朝夕菊の世話す妻の言はぬを幸ひとして
雨おほき秋のせいかも里芋の子のつきよきを妻のよろこぶ
唐辛子の葉を炊きくれと妻にいふ母炊きくれしあじ忘られねば

ここにも食があふれている。いわゆる美食家ではないが、素朴な畑のものの味わいと、そのなかに夫人への労りが、温かくにじんでいるのが特色といえよう。

報はるることのすくなき人の世にうらぎらざりし大輪の菊

菊作りは手もかかり、難しいものと聞くが、ここには人間よりも物言わぬ菊に対する信頼を、ふっと覗かせている。作者の人柄のよさなども表し、考え深い作品である。

わがうちの湖にひたひたひた波よせて青葦つつく
産卵の魚
わがうちの湖にはモロコ、ワタカ、鮒沢山ゐ
るぞ尾鰭をふりて
わがうちの湖の面茜にそまりゐてその風景な
かに父祖あり

「わがうちの湖」とすべての初句に据えた「わがうちの湖」七首は、作者のテーマを端的にしかも深く内に静めたもので、これならではの意欲作といえよう。この七首がここに在ると言うことは端的に、湖と湖魚と父祖と、本書の集約であり、解答でもある。作者は多くを語ってはいないが、注目すべき作と思う。

更に末尾の「水車」五首にも同様なことがいえる。

政治にも人間の死にもかかはらず水車は廻る
ゆつくり廻る
ゆたかなる流れに鯉ら泳ぎをり無常といふを
知る由もなく
おもむろに廻る水車を見つつゐるそも生涯の
ひと時と知れ

やや難しい作品であるが、この水車は何処かに実在するのだろうか。湖に入る川などに仕掛けてあって、農事用水や魚捕りにも用いられるのだろうか。作者はよく見慣れていて、底に人生の感慨を込めているように見える。「ゆっくりと廻る」水車は、人間の「時間」を表しているのだろう。

実は最近、小栗康平監督の映画「眠る男」を見て、そこに現れる巨大水車のしずかな廻りに、人間の輪廻を思った。最後にその水車の歯車の外れていることも、人間の生を啓示しているように思った。「おも

むろに廻る水車」に重なったそのことは、恐らく誤っていないだろうと思う。

捕られる鯉も捕る人も、ひと時の無常のなかというのが作者の直感であろう。

『湖の墓標を』に続いて『還らざる湖』更に第三作への、時の流れに期待して筆を措く。その時には湖も湖魚も蘇っていることを信じていよう。

（「好日」一九九六年一〇月号）

小西久二郎歌集　　現代短歌文庫第146回配本

2019年9月2日　初版発行

著　者　小　西　久　二　郎
発行者　田　村　雅　之
発行所　砂　子　屋　書　房

〒101-0047　東京都千代田区内神田3-4-7
電話　03－3256－4708
Fax　03－3256－4707
振替　00130－2－97631
http://www.sunagoya.com

装本・三嶋典東　　落丁本・乱丁本はお取替いたします

現代短歌文庫

（　）は解説文の筆者

①三枝浩樹歌集
『朝の歌』全篇
②佐藤通雅歌集（細井剛）
『薄明の谷』全篇
③高野公彦歌集（河野裕子・坂井修一）
『汽水の光』全篇
④三枝昻之歌集（山中智恵子・小高賢）
『水の覇権』全篇
⑤阿木津英歌集（笠原伸夫・岡井隆）
『紫木蓮まで・風舌』全篇
⑥伊藤一彦歌集（塚本邦雄・岩田正）
『瞑鳥記』全篇
⑦小池光歌集（大辻隆弘・川野里子）
『バルサの翼』『廃駅』全篇
⑧石田比呂志歌集（玉城徹・岡井隆他）
『無用の歌』全篇
⑨永田和宏歌集（高安国世・吉川宏志）
『メビウスの地平』全篇
⑩河野裕子歌集（馬場あき子・坪内稔典他）
『森のやうに獣のやうに』『ひるがほ』全篇
⑪大島史洋歌集（田中佳宏・岡井隆）
『藍を走るべし』全篇
⑫雨宮雅子歌集（春日井建・田村雅之他）
『悲神』全篇
⑬稲葉京子歌集（松永伍一・水原紫苑）
『ガラスの檻』全篇
⑭時田則雄歌集（大金義昭・大塚陽子）
『北方論』全篇
⑮蒔田さくら子歌集（後藤直二・中地俊夫）
『森見ゆる窓』全篇
⑯大塚陽子歌集（伊藤一彦・菱川善夫）
『遠花火』『酔芙蓉』全篇
⑰百々登美子歌集（桶谷秀昭・原田禹雄）
『盲目木馬』全篇
⑱岡井隆歌集（加藤治郎・山田富士郎他）
『鵞卵亭』『人生の視える場所』全篇
⑲玉井清弘歌集（小高賢）
『久露』全篇
⑳小高賢歌集（馬場あき子・日高堯子他）
『耳の伝説』『家長』全篇
㉑佐竹彌生歌集（安永蕗子・馬場あき子他）
『天の螢』全篇
㉒太田一郎歌集（いいだもも・佐伯裕子他）
『墳』『蝕』『獵』全篇

現代短歌文庫

（　）は解説文の筆者

㉓春日真木子歌集（北沢郁子・田井安曇他）
『野菜涅槃図』全篇

㉔道浦母都子歌集（大原富枝・岡井隆）
『無援の抒情』『水憂』『ゆうすげ』全篇

㉕山中智恵子歌集（吉本隆明・塚本邦雄他）
『夢之記』全篇

㉖久々湊盈子歌集（小島ゆかり・樋口覚他）
『黒鍵』全篇

㉗藤原龍一郎歌集（小池光・三枝昂之他）
『夢みる頃を過ぎても』『東京哀傷歌』全篇

㉘花山多佳子歌集（永田和宏・小池光他）
『樹の下の椅子』『楕円の実』全篇

㉙佐伯裕子歌集（阿木津英・三枝昂之他）
『未完の手紙』全篇

㉚島田修三歌集（筒井康隆・塚本邦雄他）
『晴朗悲歌集』全篇

㉛河野愛子歌集（近藤芳美・中川佐和子他）
『黒羅』『夜は流れる』『光ある中に』（抄）他

㉜松坂弘歌集（塚本邦雄・由良琢郎他）
『春の雷鳴』全篇

㉝日高堯子歌集（佐伯裕子・玉井清弘他）
『野の扉』全篇

㉞沖ななも歌集（山下雅人・玉城徹他）
『衣裳哲学』『機知の足首』全篇

㉟続・小池光歌集（河野美砂子・小澤正邦）
『日々の思い出』『草の庭』全篇

㊱続・伊藤一彦歌集（築地正子・渡辺松男）
『青の風土記』『海号の歌』全篇

㊲北沢郁子歌集（森山晴美・富小路禎子）
『その人を知らず』を含む十五歌集抄

㊳栗木京子歌集（馬場あき子・永田和宏他）
『水惑星』『中庭』全篇

㊴外塚喬歌集（吉野昌夫・今井恵子他）
『喬木』全篇

㊵今野寿美歌集（藤井貞和・久々湊盈子他）
『世紀末の桃』全篇

㊶来嶋靖生歌集（篠弘・志垣澄幸他）
『笛』『雷』全篇

㊷三井修歌集（池田はるみ・沢口芙美他）
『砂の詩学』全篇

㊸田井安曇歌集（清水房雄・村永大和他）
『木や旗や魚らの夜に歌った歌』全篇

㊹森山晴美歌集（島田修二・水野昌雄他）
『グレコの唄』全篇

現代短歌文庫

（　）は解説文の筆者

現代短歌文庫

（　）は解説文の筆者

67 今井恵子歌集（佐伯裕子・内藤明他）
『分散和音』全篇

68 続・時田則雄歌集（栗木京子・大金義昭）
『夢のつづき』『ペルシュロン』全篇

69 辺見じゅん歌集（馬場あき子・飯田龍太他）
『水祭りの桟橋』『闇の祝祭』全篇

70 続・河野裕子歌集
『家』全篇、『体力』『歩く』抄

71 続・石田比呂志歌集
『孑孑』『忘八』『涙壺』『老猿』『春灯』抄

72 志垣澄幸歌集（佐藤通雅・佐佐木幸綱）
『空壜のある風景』全篇

73 古谷智子歌集（来嶋靖生・小高賢他）
『神の痛みの神学のオブリガード』全篇

74 大河原惇行歌集（田井安曇・玉城徹他）
未刊歌集『昼の花火』全篇

75 前川緑歌集（保田與重郎）
『みどり抄』全篇、『麦穂』抄

76 小柳素子歌集（来嶋靖生・小高賢他）
『獅子の眼』全篇

77 浜名理香歌集（小池光・河野裕子）
『月兎』全篇

78 五所美子歌集（北尾勲・島田幸典他）
『天姥』全篇

79 沢口芙美歌集（武川忠一・鈴木竹志他）
『フェベ』全篇

80 中川佐和子歌集（内藤明・藤原龍一郎他）
『海に向く椅子』全篇

81 斎藤すみ子歌集（菱川善夫・今野寿美他）
『遊楽』全篇

82 長澤ちづ歌集（大島史洋・須藤若江他）
『海の角笛』全篇

83 池本一郎歌集（森山晴美・花山多佳子）
『未明の翼』全篇

84 小林幸子歌集（小中英之・小池光他）
『枇杷のひかり』全篇

85 佐波洋子歌集（馬場あき子・小池光他）
『光をわけて』全篇

86 続・三枝浩樹歌集（雨宮雅子・里見佳保他）
『みどりの揺籃』『歩行者』全篇

87 続・久々湊盈子歌集（小林幸子・吉川宏志他）
『あらばしり』『鬼龍子』全篇

88 千々和久幸歌集（山本哲也・後藤直二他）
『火時計』全篇

現代短歌文庫

（　）は解説文の筆者

現代短歌文庫

（　）は解説文の筆者

現代短歌文庫

（　）は解説文の筆者

（以下続刊）

水原紫苑歌集　篠弘歌集
馬場あき子歌集　黒木三千代歌集
石井辰彦歌集